22 largos

22 largos

Caroline Wahl

Traducción del alemán de
Carlos Fortea

Lumen

narrativa

Papel certificado por el Forest Stewardship Council®

MIXTO
Papel | Apoyando la silvicultura responsable
FSC® C117695

Penguin Random House Grupo Editorial

Título original: *22 Bahnen*

Primera edición: mayo de 2024

Printed in Spain – Impreso en España

ISBN: 978-84-264-3082-3
Depósito legal: B-4426-2024

Compuesto en M. I. Maquetación, S. L.
Impreso en Unigraf, S. L., Móstoles (Madrid)

H 4 3 0 8 2 3

Para mamá, que siempre está ahí

Parte 1

Leche de avena, leche de almendras, mus de anacardo, frambuesas ultracongeladas, humus, copos de avena Kölln, semillas de chía, plátanos, pasta de espelta, aguacate, aguacate, aguacate. Juego a que no puedo levantar la vista. De unos treinta, varón, desgarbado, gafas sin montura, camiseta Levi's, adivino, digo «30,72 euros», por fin levanto la vista, y cuando veo el logo de Levi's es bastante guay, y quizá incluso el punto culminante de mi jornada hasta hoy. Sin duda es una chica joven, pero adivinar lo de la camiseta ya es muy fuerte.

Cuatro horas después, pongo en la cinta la variante Gut&Günstig de espaguetis Miràcoli, copos de avena Gut&Günstig, crema de vainilla y bourbon marca Dr. Oetker y leche entera.

—4,06 euros —dice la señora Bach, pago, meto las cosas en la mochila y corro a la estación.

Tranvía, uni, copiar ejercicios y textos. Tengo un cronograma estricto, en el que simplemente no encaja una fotocopiadora que no funciona en tres de cada cuatro casos. «Atasco de papel». Siento que la rabia se me acumula al ver esas palabras, aprieto los puños y miro fijamente ese trasto blanco y necio. Rabia destructora.

Tranvía, hacer los ejercicios, nadar, Ida. Los ejercicios no son difíciles, logro hacer todos los deberes durante el trayecto de 69 minutos desde la uni hasta la piscina. Respiro hondo el olor a cloro, tiro la mochila al banco, junto a la cesta de colores de Ursula, me saco el vestido por la cabeza, salto de cabeza al agua, me sumerjo hasta el fondo en la parte honda, me siento en el suelo y miro desde abajo lo que sucede en la piscina. Muchas piernas de niños que patalean sin coordinación alguna, unas cuantas piernas de gente mayor que patalean de manera más o menos coordinada, cuerpos de niños que se zambullen, piernas varias al borde de la piscina. En conjunto, la interacción de todos esos movimientos transmite una impresión lúdica, hasta donde puedo juzgar desde aquí abajo. Me desprendo del fondo para, como siempre, nadar mis 22 largos, y cuando llego al 20 o el 22 no estoy segura de si es el 20 o el 22, me enfado y, como castigo, nado otros cinco largos de propina.

Ursula: Antes un niño me ha saltado encima. Así, sin más.

La miro con aire interrogativo.

Ursula: Estaba nadando, totalmente normal. Relajada como siempre, en dirección al borde de la piscina, y de pronto veo a ese mocoso pelirrojo delante de mí, retrocede tres pasos, coge carrerilla y me salta encima. Así de fácil.

Yo: Brutal.

Ursula: Y podría jurar que durante todo el tiempo mantuvo contacto visual conmigo, desde antes de retroceder los tres pasos. No fue un error.

Asiento.

Yo: Quería saltar encima de ti.

Ursula: Sí.

Silencio.

Yo: Dime quién es.

Ursula asiente.

Yo: Le voy a saltar encima.

Ursula asiente.

Silencio. Con Ursula se puede guardar silencio bien. No hace preguntas idiotas. Solo habla cuando hay algo relevante que decir, como por ejemplo lo del niño que le ha saltado encima. Algunos días nos sentamos juntas en su banco sin decir ni mu. Las dos cerramos los ojos y nos dejamos secar al sol. Y para despedirnos nos saludamos con la cabeza.

Ursula: ¿Dónde está la pequeña?

Yo: Ida solo viene cuando llueve.

Ursula asiente.

Pego la espalda al banco calentado por el sol y cierro un momento los ojos. Son los primeros días realmente calurosos de este año. Junio fue un mes entreverado, más parecido a abril o mayo. Respiro hondo el aire del verano. La crema solar, el cloro, las patatas fritas y el intenso perfume de Ursula llenan mi cuerpo. Abro los ojos y miro el cielo pastel del atardecer, también a él lo respiro hondo, y me siento cálida y ligera. Echo un vistazo a la piscina. La zona de no nadadores está dominada en su mayor parte por un grupo de niños, más o menos de la edad de Ida, que se lanzan totalmente excitados a la piscina como una ametralladora. Al otro lado, dos madres que parlotean con niños pequeños en brazos, y poco antes de la zona de nadadores, separada por una cuerda, un hombre juega a la pelota con un niño y una niña. Supongo que será un padre con sus hijos. Los niños ríen felices, y me pregunto si juegan a menudo a la pelota con su padre o si se trata de algo especial, y por eso los dos están tan contentos. Unos adolescentes se sientan al borde de la zona de nadadores, y reconozco a unas cuantas chicas de mi antigua clase que toman el sol. Angelina, Lena y Jana. Levanto la mano para saludar. Angelina devuelve el saludo con una sonrisa forzada. Creo que no nos gustamos. Mi cuerpo caliente se estremece, y un escalofrío me recorre la espalda. Ivan, pienso, cuando veo a ese tipo alto, rubio platino, con bañador negro, en lo alto del poyete, y miro su rostro de mirada malvada, inconfundible, y trago saliva. El rostro estrecho, perfilado, tostado de Ivan, los ojos azul hielo, las densas cejas siempre levemente fruncidas, las arruguitas de rabia en el ceño y los labios finos, convertidos en una línea recta. Después del de Ida, el de Ivan es el segundo rostro más hermoso que conozco. Que conocía. Me siento mal. Un cordón me aprieta la garganta. Trago saliva un par de veces, intento hacer pasar el aire del verano por la angosta garganta, hacerle sitio, parpadeo y me concentro. Tiene que ser el hermano mayor de Ivan, porque no puede ser Ivan. Busco su nombre, y me pone muy furiosa no recordarlo... Mientras hurgo en busca de su nombre, trato de observar su rostro con más atención, y me cuesta trabajo, por lo lejos que está, pero es claramente distinto del de Ivan. Su mirada es aún más rabiosa y, sobre todo, más impenetrable que la de Ivan, las cejas aún están más apretadas, el surco de rabia es más profundo, y los labios forman una línea aún más recta. ¿Qué está haciendo aquí? Se supone que vive en Londres o algo por el estilo. Se pone las gafas de natación, da un elegante salto de cabeza y nada a crol. Sus brazadas rectas, rápidas, enérgicas destacan en el caos de la piscina. Cuando se aparta del borde, avanza no menos de 10 metros bajo el agua hasta que emerge, y en medio minuto como mucho alcanza el otro extremo, del que se separa volviendo a sumergirse y girando sobre sí mismo. Sigo cada uno de sus movimientos con la mirada, y pienso en su hermano pequeño, en su risa bajita y susurrante, en su voz ronca. No pierdo de vista al hermano mayor, porque tengo miedo de perderlo.

Además, la verdad es que tiene un estilo precioso, que raras veces se ve por aquí.

Después del largo 22 no se sumerge, se queda al borde de la piscina, se quita las gafas, se vuelve, y su mirada encuentra la mía. Nos miramos. Entre nosotros hay 51 metros, y todo parece amortiguado. En algún momento levanta las cejas, no sé qué debo hacer, frunzo las mías y me pongo el vestido encima del bañador todavía mojado, me cuelgo la mochila al hombro, saludo a Ursula con la cabeza y me voy a casa. De camino a casa me siento como en trance, y pienso en el hermano mayor, cuyo nombre no puedo recordar. Seguro que Marlene lo sabe. Vuelve a casa este fin de semana, porque hay no sé qué fiesta. Desde mañana voy a nadar 23 largos, aunque la cifra me da un poco de miedo.

Al llegar a la Fröhlichstrasse saludo al señor Feigl, que corta el césped, y saludo con la cabeza a la joven familia de cinco miembros que se ha mudado hace un par de semanas a la casa azul celeste que hay junto a la nuestra y está haciendo una barbacoa en el jardín. La casa en la que vivimos es la única vivienda multifamiliar de la calle, y contempla esa tarde de verano con más tristeza aún que de costumbre, junto a las viviendas unifamiliares delante de las cuales se corta el césped y se hacen barbacoas alegremente. Como siempre, escaneo la ventana de nuestra casa. Los cristales de nuestra cocina están empañados. Mamá ha estado cocinando. Me apresuro a cerrar la puerta de la calle, entro en el silencioso y fresco zaguán y abro la puerta 1, ante la que hay una esterilla con el letrero «Welcome», aunque en realidad aquí nadie es bienvenido. Huelo a curri y a quemado, pollo al curri, aventuro, entro a la cocina y me envuelve el vapor caliente. Ida ya ha apagado el fogón. Encima hay dos cacerolas, una con arroz quemado y otra con una masa de curri carbonizada e indefinible. Abro las ventanas, aliviada porque la alarma de incendios aún no ha saltado. Habría sido embarazoso, otra vez. En la encimera, un cuenco de nata volcado, harina, todas las especias que tenemos. Hay un cajón abierto, y su contenido está en el suelo. Pasta dispersa, cereales, harina para empanar, copos de avena y un vaso de vino vacío. Ha estado buscando algo. Probablemente, después de una búsqueda infructuosa haya puesto fin, enfurecida, a su sesión de cocina. Que el pollo yazca solo fuera de su envoltorio en la mesa vacía resulta más bien escalofriante. Lo meto en el congelador y abro la puerta del salón, donde la cocinera está tumbada en el sofá. Los cabellos castaños le cuelgan sobre la cara, tiene la boca ligeramente abierta. El vestido blanco de verano, manchado, recuerda el peto de una niña pequeña. Una niña pequeña bebedora de vino. A mamá le gusta ponerse vestidos para cocinar, porque la mayoría de las veces, cuando decide cocinar, está bien. No lograré sacar las manchas de curri y vino tinto, esa parte tendrá que ir a la basura. Le regalé ese vestido color carne, de punto con imitación de encaje, el año pasado por su cumpleaños, aunque de todas maneras le queda demasiado grande. Le aparto el pelo de su pálido rostro y le pongo un cojín debajo de la cabeza, le digo «idiota», pero no lo oye, por supuesto, porque duerme profundamente, salgo del salón y llamo a la puerta de Ida, dos veces rápido, pausa corta, tres veces despacio, y abro. Ida está pintando. Como siempre.

—Mamá ha vuelto a cocinar —dice en voz baja, sin levantar la vista de su dibujo.

Yo: Lo sé, ¿has comido algo?

Ida niega con la cabeza.

Yo: ¿Qué te parece si hago espaguetis Mirácoli?

Ida: ¿Mirácoli o Gut&Günstig?

—Mirácoli —miento.

Recojo el campo de batalla esparcido por la cocina, preparo los espaguetis, llamo a Ida, comemos; hoy Ida no quiere hablar; nos lavamos los dientes, la llevo a su cuarto, se acuesta y me siento al borde de la cama.

Yo: Mañana va a llover.

Ida: Ya lo sé.

Yo: ¿Piscina?

Ida: Sí.

Yo: Bien. Entonces duerme bien. Te quiero.

Mientras cierra la puerta la oigo decir en voz baja:

—Y yo a ti.

Por fin estoy tumbada en mi colchón, en camiseta, con la colcha arrugada a los pies de la cama, y dejo que la fresca brisa de la noche de verano caiga sobre mí. Estoy agotada, siento un pesado cansancio en cada fibra de mi cuerpo, y me quedaría dormida en cuanto cerrara los ojos. Pero quiero retrasar ese instante todo lo que pueda, porque estos son los mejores momentos del día, y no quiero perdérmelos. Estos momentos que me pertenecen tan solo a mí, en los que no tengo que hacer nada, no tengo que pensar en nada, en los que simplemente puedo tumbarme y dejar que la fresca brisa de la noche de verano caiga sobre mí por la ventana abierta de par en par. Mis ojos se dirigen a la ventana, veo los contornos de los abetos detrás de nuestra casa. Me concentro en los ruidos y susurros, oigo el canto de los grillos, de vez en cuando un coche, el maullido de un gato, nada más. Huelo a noche de verano, césped, flores.

Cuando, por la noche, estoy tumbada en mi colchón y el viento o esa brisa nocturna de verano me acarician a través de la ventana abierta, por un instante todo parece estar bien. Me siento ligera. Cuando, por las noches, me tumbo en mi colchón, pienso que aún puedo soportar mucho tiempo todo lo de ahí fuera. Mientras, por las noches, el viento caiga sobre mí, puedo lanzarme a la guerra de ahí fuera durante el día. Contra mi madre, contra sus manías, contra esta pequeña ciudad. Y por Ida.

La lluvia fustiga la ventana del aula, y quiero salir.

En la pizarra, el señor Grund calcula una tarea de la última hoja de ejercicios, y Anna me pone nerviosa con preguntas innecesarias, porque intenta copiar mis soluciones de la nueva hoja de ejercicios y no puede leer mi letra. No va a aprobar el examen. Me resulta un enigma cómo ha logrado entrar en el módulo de especialización y llegar al trabajo de fin de máster. No es que hayamos estudiado algo así como Germanística o Historia del arte.

Anna: Tilda, ¿puedes enviarme tus respuestas por mail? Se tarda una eternidad en copiarlas.

Yo: No he tecleado las soluciones.

Anna: Pero tienes que haberlas subido a Moodle.

No. Prefiero pensar y calcular con lápiz y papel, incluso la bibliografía me la suelo imprimir, o saco prestados los libros. No puedo pensar en el ordenador. Mi trabajo de fin de grado lo escribí en el cuaderno y lo revisé y luego lo tecleé, en un último y tortuoso paso. Al ser una de las pocas, si no la única, a las que se les permite entregar en papel las soluciones de los ejercicios en todos los grupos de prácticas, siempre tengo que preparar las entregas con un exceso de puntualidad y procurando tener cero errores. No me voy a sentar hoy al ordenador por la pereza de Anna, y ya no digamos ir a una fotocopiadora a escanear mis respuestas. Ella no afloja y me sigue cuando salimos del seminario y me abro paso hacia la salida por entre los otros estudiantes.

Anna: ¿Y no me dejas fotocopiarlas? Podemos ir un momento a la biblioteca. Te invito a un café.

Yo: Cópialas aquí.

Anna: Fíjate en la cola. Solo funciona una de las fotocopiadoras. Algún psicópata ha echado agua en la otra.

Yo: ¿En serio? Lo siento, pero tengo que irme. Llévate las hojas, o haz una foto.

Anna: Entonces me las llevo. Prefiero un DIN A4 a una foto.

Anna suele decir cosas así de idiotas.

Yo: Haz una foto. Quiero entregarlas mañana.

Anna resopla, se detiene, fotografía mis respuestas, aunque prefiere un DIN A4 a una foto.

Anna: ¿Vienes esta tarde al Science-Slam?

Yo: No, ya tengo planes, lo siento.

Anna: ¿Qué planes?

Yo: Voy a la piscina.

Anna señala la cristalera de la entrada del edificio.

Anna: ¿Lloviendo a cántaros?

Yo: Aun así, se puede nadar.

Anna: Eres rara de verdad, Tilda.

Yo me encojo de hombros, me despido y corro a la parada. El tranvía va lleno a reventar a causa de la lluvia, y me toca ir de pie. Odio ir de pie en el tranvía, porque no puedo aprovechar el tiempo, es difícil leer y calcular. Hoy ni siquiera lo intento, simplemente me quedo allí de pie, miro por las ventanillas cómo llueve y pierdo el tiempo. Veo la ciudad con cafés, restaurantes y tiendas, los balcones con sillas de colores y plantas, y me pregunto, como tantas veces, cómo serán por dentro los edificios antiguos y quién vivirá en ellos. El tranvía se vacía poco a poco, me siento, saco del bolso el libro *Brownian Motion and Stochastic Calculus* de Karatzas y Schreve, me lo pongo en el regazo y sigo mirando por la ventanilla. Veo cómo la ciudad se convierte en suburbio, cómo empiezan a escasear las tiendas, restaurantes y cafés y las viviendas multifamiliares se convierten en impresionantes casas unifamiliares con jardines vallados. Veo cómo las afueras se convierten en pueblos, los chalets en tristes filas de casas grises y grandes edificios. Y luego veo campos. Muchos campos que pasan por delante de la ventanilla. Durante la mayor parte del trayecto veo campos, y entre ellos pequeñas ciudades, siempre con el mismo aspecto, hasta que veo al fin mi pequeña ciudad, que tiene el mismo aspecto que las pequeñas ciudades que la han precedido, y me bajo.

Me apresuro a comprar verduras para sopa y fideos al marisco para la sopa de pollo en el supermercado Edeka, recorro la Fröhlichstrasse, que con la lluvia no parece tan alegre como bajo la luz del sol. Cuando abro la puerta de mi casa, una Ida aún más alegre está sentada en el zapatero, con sus *leggins* favoritos de color rosa con delfines azules estampados, con mi camiseta roja, que le queda grandísima, y las Chucks blancas de pega que le he comprado hace poco en Deichmann, con su mochila de Snoopy y el paraguas en el regazo. Adoro su forma de vestir, sobre todo porque en realidad es una niña muy tímida. Cuando voy con ella en autobús o en tranvía, o cuando estamos en la piscina, apenas habla conmigo y, si me habla, lo hace casi en susurros. Y, si hago que se ría, se pone las manos delante de la boca. Cuando le propuse hace poco, en la piscina, hablar con otra niña que saltaba sola desde el poyete, se rio un momento a carcajadas, pero se contuvo enseguida. Ida no tiene amigos íntimos en el colegio con los que verse en su tiempo libre, pero tampoco la molestan ni excluyen. El día de consulta de los padres, la señora Schwöbel me dijo que Ida es una alumna muy tranquila, pero que participa en la clase y es aceptada por sus compañeros. Sorprendida, le pregunté a la señora Schwöbel qué hace Ida durante el recreo, y la respuesta me sorprendió aún más:

—Está con sus compañeras. La mayoría de las veces con Karlotta y Finja. Juegan al escondite o a la pelota.

De alguna manera, yo pensaba que iba a estar sentada dibujando en un banco. Y, al igual que con lo que hace en el recreo, me sorprenden sus *outfits*, tan coloridos y llamativos.

Yo: Mi fashionista.

Con su rostro redondo y radiante, sus ricitos rubios y sus grandes ojos castaños, parece la teletubbie feliz.

—Llueve a cántaros —dice la niña feliz.

Le acaricio los ricitos, dejo en la cómoda las verduras y los fideos, cojo el paraguas, lo abro y salgo corriendo bajo la lluvia rumbo a la piscina. Ida se ríe, cierra de un portazo y corre tras de mí. No hay nada más hermoso que oír reír a Ida.

La piscina está casi vacía, solamente dos hombres entrados en años hacen sus largos. En cuanto ve que no hay gente, Ida se queda como en trance. Saca sus cinco anillos de buceo de la mochila, los tira a la piscina, coge carrerilla, salta al agua y empieza a bucear. Después de haber hecho 23 largos, me siento en el banco de Ursula y miro a Ida. Es incansable, tira los anillos cada vez más lejos y a veces incluso coge dos de una vez. En algún momento, pone el anillo más o menos en el centro de la piscina, nada hacia los poyetes, respira hondo varias veces y bucea hasta el anillo, unos 25 metros. Cuando emerge con él, me mira, y cuando le enseño el pulgar hacia arriba sonríe, y yo también sonrío. Hasta que siento una mirada. Por el rabillo del ojo, veo a una persona sentada en el poyete, y ya intuyo de quién se trata. Nuestros ojos se encuentran, y nos miramos fijamente. En realidad, quiero apartar la vista, pero si él no lo hace yo también puedo seguir mirándolo. ¿Me reconoce? Estuvimos en el mismo colegio, y seguro que sabe que fui amiga de su hermano. Por lo menos me ha visto en el entierro. Hay algo en su rostro que no me suelta. Quizá ese centelleo arrogante, divertido, en sus ojos, y el imperceptible temblor de las comisuras de sus labios, que solamente puedo intuir. Sonríe, se incorpora, se pone las gafas de natación encima de los ojos azules, se tira de cabeza y nada a crol, sin pausa, sus 22 largos. Como ayer, mi mirada sigue sus movimientos, y me pregunto qué puede estar haciendo aquí. Sin duda tiene algo que ver con la casa, y mañana volverá a estar en Seúl o en Dublín, aunque albergo alguna esperanza de que se quede un poquito más.

Con su estilo natatorio incluso consigue sacar a Ida de su trance de buceo. Viene nadando hacia mí hasta el borde de la piscina y cuchichea:

—¡Fíjate, Tilda! Nada más rápido que tú.

Yo: ¿Quién?

Observo cómo sale del agua, se sitúa bajo la ducha fría y desaparece en una de las cabinas. Un minuto después, sale con unos vaqueros amplios, una camiseta blanca y suelta y unas chanclas Adidas. Se da cuenta de que sigo mirándolo, sonríe y levanta la mano a modo de despedida. Aturdida, levanto la mía. Ida sigue tirándose al agua y buceando hasta que, en algún momento, se sienta a mi lado y susurra: ¿Lo conoces?

Yo: No.

Mientras preparo la sopa de pollo, Ida se sienta a la mesa y hace sus deberes. Mamá está tumbada en el sofá del salón sin hacer nada. La luz de la cocina está encendida, porque fuera ya está bastante oscuro a causa del mal tiempo, y se oyen las gotas de lluvia golpeando los cristales y los alféizares de las ventanas. Mientras modelo las bolitas de sémola que Ida insiste en que haga «cuando hay comida de enfermos», siento cómo me relajo y cuánto disfruto de ese momento con Ida en la cocina, de esa tranquila comodidad mientras llueve fuera. Doy forma a la última bola, me vuelvo y me apoyo en la encimera, miro a Ida escribiendo concentrada su redacción, huelo la sopa de pollo y decido hacer también un flan de vainilla. Se está tan bien...

Yo: Qué bien se está.

Ida no levanta la vista, y murmura:

—Hum.

Yo: ¿Quieres que haga un flan de vainilla?

Ida levanta la vista y dice, clara y audiblemente:

—Sí.

Viktor. Mientras estoy tumbada en el colchón y veo por la ventana los abetos, recuerdo al fin su nombre. El nombre le pega hoy mejor que entonces. Un Viktor no se ríe. Un Viktor es serio. Un campeón de natación ruso se llama Viktor. También me acuerdo de cómo nos presentó el señor Weber en el instituto. Yo estaba en octavo y él en el curso 12. Por supuesto que ya lo conocía, y también sabía su nombre, porque todo el mundo lo conocía y sabía su nombre. Ya entonces era alto y guapo, y sobre todo tenía un aura de leyenda. Cierro los ojos y lo veo delante de mí, con la mochila al hombro, recorriendo el edificio a grandes zancadas y con el rostro cerrado, y a las chicas de todos los niveles lanzándole audaces miradas a las que él no responde. Se contaban historias de él, que sabía programar como nadie, que se movía como por su casa por la red profunda, que era superdotado o autista y que se veía con universitarios en la ciudad. No formaba del todo parte de ningún grupo, pero todos lo respetaban y aceptaban su presencia. De vez en cuando me lo encontraba volviendo a casa después de haber estado fumando porros en el parque, en otra ocasión con aquellos granujientos *nerds* de la informática junto al quiosco, y después jugando al baloncesto con los chicos del Sport-LK. En aquella ocasión, esperaba impaciente al señor Weber, mi profesor de Matemáticas; la señora Negebauer había ido a buscarlo a la sala de profesores para que me atendiera. El señor Weber era guay, desde sexto siempre me daba libros, tareas y exámenes de niveles superiores, y, cuanto más deprisa los resolvía, más deprisa subía de nivel. Por aquel entonces, desde el punto de vista de las matemáticas, ya estaba casi en la clase 11. Cuando el señor Weber vino por fin hacia mí con un nuevo montón de hojas, y Viktor se plantó directamente delante de mis narices como si yo no estuviera, me puse furiosa.

Viktor: Señor Weber, me gustaría hablar con usted un momento acerca del examen de mañana...

Le di unos golpecitos en el hombro a Viktor, y él se volvió y me miró.

—Yo he llamado al señor Weber —le dije. Me abrí paso ante él, le entregué al sonriente profesor mis deberes hechos y le cogí el nuevo montón de las manos.

Señor Weber: Está bien que mis dos alumnos estrella se conozcan. Viktor Volkov, Tilda Schmitt.

Yo: Hola.

Viktor: Hola.

De hecho, me tendió su enorme mano, la sujeté y sentí cómo, de manera penosa, el rubor me subía a la cara.

—Adiós —dije, y me fui.

Vino rosado, vino rosado, vino rosado, caramelos Werther, Marlboro Gold XL, espaguetis, carne picada, Marlboro Gold XL, pulpa de tomate. Marlene, adivino, y espero, digo «26,30 euros», alzo la vista y miro a mi mejor amiga. Su cabello liso, de un rubio claro, que la última vez aún llevaba muy largo, ahora solo le llega hasta los hombros y tiene un ligero toque rosa. Lleva una camisa vaquera *vintage*, de una talla muy grande, y shorts de cuero. No puedo evitar que las comisuras de mi boca se eleven.

Marlene: Así no vas a ser empleada del mes. ¿No es tu obligación saludar a todos los clientes? ¿No has tenido que firmar algo así? ¿No está en tu contrato de trabajo? Bueno, da igual. ¿Cuánto tiempo de trabajo te queda? Esta noche es la *rave*. ¿Estás *ready*?

Saludo estilo Marlene.

Yo: Hola, Marlene. ¿Qué *rave*?

Había partido de la base de que esa noche todos íbamos a salir relajados a la finca, beber un poquito, fumar un poquito, como antes. Ante la idea de una *rave* intensiva en términos de baile y de tiempo, noto aún más mi cansado cuerpo, y gimo.

Marlene: Por eso he venido este fin de semana a Germany, tía. Ya te lo he contado muchas veces. Leon, Kilian y yo ponemos en marcha una *rave* en la finca. Van a venir todos.

Yo: Pensaba que estaban en Berlín.

Marlene: Sí, lerda. Para ellos es como jugar en casa. Van a traer a sus amigos de Berlín, algunos pinchan.

Yo: Guay.

Marlene: Buah, cómo he echado de menos tu entusiasmo desenfrenado. Vas a venir. No tienes elección. Ya le he dicho a Leon que vienes. Está muy contento.

Yo: Marlene, no sé...

Me gustaría decirle simplemente la verdad, pero las palabras no quieren salir. Mamá ha vuelto a beber, no quiero dejar a Ida sola con ella por la noche. 16 palabras.

Yo: Mamá...

Marlene: Entiendo que optar por la carrera de Matemáticas ya era un cierto No a la vida, pero no voy a quedarme mirando mientras te alejas por completo de todo. Voy a estar un fin de semana aquí en Alemania, y eso significa diversión, diversión, diversión. Ahora vamos a ir a mi casa, nos cambiaremos, nos tomaremos nuestro vino, nos liaremos un porro y luego nos iremos a la *rave*. Te encanta bailar, conejita. Lo necesitas. Te lo noto. Pareces totalmente vacía. Anémica. Sí, pareces anémica. Totalmente chupada. Leon y todos sus amigos *hipsters* de Berlín están aquí. Va a ser algo grande.

Durante su monólogo, he estado observando todo el tiempo a Marlene, y estoy segura de que no ha cogido aire ni una vez. Sería una buena buceadora. Qué talento desperdiciado.

El hombre que hay detrás de Marlene carraspea.

El hombre detrás de Marlene: ¿Tenéis para mucho?

Marlene se vuelve, irritada: Tenga un poquito de comprensión. Llevo sin ver a mi mejor amiga desde Navidad. Eso son más de siete meses. Podré charlar un poco con ella, ¿no? Las cajas 1 y 2 también están abiertas.

No había contado con eso. Sin replicar, se da la vuelta moviendo la cabeza, farfulla algo y, de hecho, se pone en la caja 2. ¡Cuánto he echado de menos a esta enana terrorista!

Veinte minutos después estamos en su Fiat 500.

Marlene: Mi hermanito también se alegra de que vengas.

Yo: Te repites. ¿Cómo le va?

Marlene: Bah. Está un poco perdido. Por fin ha terminado el

máster, y ahora forma parte de una especie de colectivo de artistas en Holzmarkt. Pero, por lo demás, como siempre. Viaja mucho. Anda soñando mucho.

Asiento.

Marlene: Cuando hablo con él siempre pregunta por ti.

Yo me encojo de hombros y guardo silencio.

Ella siempre quiere hablar de Leon y de mí, porque somos una pareja de ensueño y deberíamos animarnos de una vez. Resulta incómodo. En realidad, también debería resultarle incómodo a ella. Al fin y al cabo, es su hermano. Y no quiero decirle que no creo que seamos una pareja de ensueño y que no estoy enamorada de él, y por eso digo:

—He visto en la piscina al hermano mayor de Ivan.

La miro, está pálida, y se le ha puesto la carne de gallina en las sienes. Siempre le pasa cuando experimenta emociones extremas. Cuando está muy triste, exageradamente eufórica, enamorada o drogada. Sus manos se aferran al volante, y fija la mirada al frente. Callamos, como hemos callado durante los últimos años. A veces me pregunto por qué nunca hemos hablado de eso, y cuándo tomamos la decisión de no hablar de eso. Recuerdo que en el entierro no intercambiamos una sola palabra. Estábamos en una de las últimas filas, llorábamos y nos abrazábamos, luego fuimos a casa de Marlene, nos tumbamos en la cama, lloramos y nos abrazamos, en algún momento dejamos de llorar y seguimos tumbadas y abrazadas, nos quedamos dormidas, nos despertamos y seguimos viviendo, como se hace cuando muere alguien. Quizá sencillamente no sabíamos qué decir, porque cada palabra resulta errónea y ninguna es la adecuada. Pero quizá no haya palabras erróneas ni adecuadas, y deberíamos hablar de una vez de ello, pienso, y guardo silencio. Recorremos la carretera, a lo largo de los campos. Y sé que, en realidad, tendría que empezar a hablar. En el camino hay una cantidad irritante de corredores, lo cual de alguna manera resulta absurdo. Por ese camino hemos vuelto a casa tantas veces Marlene y yo, al amanecer, borrachas, cantando, riendo, hablando, bailando, vomitando, en dirección a casa de los padres de Marlene, en el barrio caro, pasando de largo por delante de la panadería. A veces ya olía a pan recién hecho. Era estupendo.

Marlene: Kilian también me ha contado que ha venido. Probablemente vaya a vender la casa. Lleva vacía una eternidad.

Las dos callamos. Han pasado casi cinco años.

Marlene: Mira en el asiento trasero, lo he impreso para ti. Para esta noche.

Desenvuelvo el paquete delante de mi cara, una gran camiseta blanca con un conejito fucsia.

Marlene: Para mi conejita, que tiene las patitas demasiado oscuras. Seguro que te queda muy guay con las botas.

Me gusta. El conejito fucsia parece mirarme directamente. De alguna manera parece inquisitivo, expectante, pero no sé lo que quiere de mí. Le devuelvo la mirada frunciendo el ceño, pero no reacciona.

Marlene abre la puerta de madera verde oscuro, y al entrar respiro el viejo y familiar aroma a cedro, a café, y el indefinible y peculiar olor de cada familia. Me preguntó cómo será el olor de nuestra casa para los desconocidos, si puede que huela un poco a cerrado. La familia de Marlene vive en una casa con entramado de madera en la fachada, restaurada. Me gusta su casa. La sala de estar está inundada de luz gracias a su gran frontal con ventanas, que da al verde jardín. A veces, cuando una se sienta en el sofá de cara al frontal, fuera hace viento y el sol brilla, aunque sea un poquito, tiene la sensación de estar en el bosque, con todos esos reflejos de luz en la pared. Y, además, todo está decorado con tanto estilo y es tan agradable... A Lisa, la madre de Marlene, le gusta la decoración de interiores, y se nota. Cada vez hay algo un poquito distinto. Veo una alfombra persa color violeta oscuro bajo la enorme mesa de pino.

Yo: ¿Alfombra nueva?

Marlene: No solo eso. Ha cambiado todas las cortinas de la casa y ha vuelto a encargar un sofá nuevo. Me pregunto en qué le compensan todos esos continuos cambios. Probablemente sea una especie de crisis de la mediana edad.

Yo: Creo que simplemente le gusta, y que lo hace bien. Podría dedicarse a eso profesionalmente.

Nuestro salón y nuestro comedor tienen una decoración descuidada y espartana. La mayoría de los muebles son más viejos que yo y no encajan los unos con los otros. Las sillas y la mesa de la cocina están gastadas, bajo la pata derecha de la mesa hay un papel doblado para calzarla y que no se tambalee tanto. Por suerte, el sofá de cuero negro del salón se limpia bien, en contraste con la alfombra mostaza que está debajo, con sus muchas manchas, que no he conseguido quitar ni empleando los más variados y caros quitamanchas, y que sobre todo cuenta historias de los patinazos de mamá.

Marlene: Díselo, se alegrará. Nosotros solo nos reímos de ella.

Yo: Sois unos asquerosos. ¿Dónde están Lisa y Markus? ¿Han ido a jugar al tenis?

Marlene: Sí, y luego a comer, como todos los viernes.

Abro la puerta de mi estancia favorita, y me siento aliviada al ver que la gigantesca cocina verde oscuro, de casa de campo, no ha sido modificada. Antes adoraba esta habitación, por lo viva que estaba y porque en ella todos se juntaban la mayoría de las veces. En el rincón sigue estando la mesa blanca cuadrada en la que comíamos siempre después del colegio, y alrededor de la cual había unas sillas nórdicas negras cubiertas con una piel blanca.

Una puerta conduce a una estancia más grande que nuestro salón, en la que, junto a unos anaqueles repletos de víveres, hay una segunda nevera llena de bebidas y un arcón para ultracongelados. El padre de Marlene, Markus, tiene una tarjeta de los supermercados mayoristas Metro, y por eso antes aquí había cosas tan extravagantes como polos o cajas gigantescas de Haribo llenas de barras de regaliz o chicles con sabor a sandía que normalmente solo se venden en los quioscos.

Meto el vino en la nevera y Marlene prepara la boloñesa.

Marlene: Bueno, cuenta, ¿qué novedades tienes? Estoy hablando yo todo el rato.

Yo: No muchas, ¿y tú?

Marlene: ¿Ya te he contado que voy a especializarme en Diseño de videojuegos? Me he colado en un proyecto de la uni, y ahora voy a por todas. Quiero hacer un semestre de intercambio en Estados Unidos, o algo así.

Yo: Suena guay.

Marlene: ¿Y a ti? ¿Cómo te va?

Yo: Ahora tengo que hacer el TFM. Estoy buscando un tema.

Marlene: Genial, con eso acabas. ¿Y luego?

Me encojo de hombros. Odio esa pregunta. Mucho.

Yo: Me buscaré un trabajo.

Marlene: ¿Dónde?

Respondo:

—Creo que por aquí cerca. —Y sé que con esa respuesta voy a poner en marcha una discusión.

Marlene deja de preparar la boloñesa y se sienta conmigo.

Marlene: Tilda, eso no puede ser.

Yo: Marlene, ¿tiene que ser ahora?

Marlene: Decías que después de la carrera te marcharías.

Yo: Dije que quizá me fuera después de la carrera. No sabía que lo de mamá iba a estar tan mal.

Marlene: ¿Tan mal?

Yo: En cualquier caso no está mejor.

Marlene: Algún día tienes que dejarlas a las dos y seguir tu camino. Ida se encargará. La gente se crece con las obligaciones.

Menuda estupidez.

Yo: Menuda estupidez, Marlene. No hablemos de eso, ¿vale? No conduce a nada.

Ella resopla, se levanta y vuelve a dedicarse a la comida.

Le pregunto por Jim, su nuevo amigo o lo que sea exactamente para ella, porque seguro que con eso cambiará el ambiente y ya no dejará de fantasear durante la mitad del trayecto.

Marlene: ¿Te he contado que hace poco, cuando estaba tan estresada con aquella entrega, me preparó un baño de marihuana? Con música, porros y patatas fritas. Megaguay, ¿no?

Me imagino que alguien me prepara un baño de marihuana cuando estoy estresada y me pregunto si quedaría muy feo rechazarlo.

Yo: Megaguay.

Después de comer, subimos y nos arreglamos. Me pongo la camiseta, me tumbo en la cama y Marlene me enseña distintos *outfits*. Al final nos decidimos por un vestido lencero negro, con una camiseta blanca debajo.

Mientras Marlene se maquilla, miro las fotos y vídeos de su móvil, y ella me cuenta las historias que los acompañan. Veo un amanecer en el puerto, una puesta de sol desde una terraza, sus trabajos artísticos, exposiciones, mercadillos, sus amigos bailando, sus amigos comiendo, sus amigos pintando, sus amigos besándose, sus amigos durmiendo, sus amigos bañándose desnudos. Me detengo en una foto en la que Marlene y sus amigos están en un campo de lavanda delante de una vieja casa de campo con postigos azul celeste. Hay una chica en cuclillas dibujando en un bloc. Marlene está tumbada a su lado, y reclina la cabeza sobre el vientre de un chico con un porro en la mano, que está mirando el horizonte; también hay dos mujeres y un hombre sentados junto a ellos en la posición del loto, con una botella de vino en la mano, sonrientes.

Yo: ¿Dónde fue esto?

Le enseño la foto.

Marlene: En Céreste, en la Provenza, hace dos semanas; alquilamos una casa durante una semana, nos relajamos, creamos mucho arte, bebimos demasiado vino, tomamos M y cosas así.

—Qué locura —digo, «qué locura», pienso, y me pregunto si también yo podría llevar una vida como esa si no estuvieran mamá e Ida. No lo creo, aunque no sé por qué.

—Genial —dice Marlene, y se detiene igual que hacíamos antes, cuando caminábamos por el campo hacia la finca con una botella de vino, y el cielo anaranjado, rojo oscuro, rosa, azul celeste lo da todo para impresionarnos. Marlene se tumba en la pradera, al borde del camino, yo me dejo caer junto a ella, me coge la mano, la aprieta, yo respondo a la presión y contemplamos el juego de los colores.

Marlene: Pausa.

Teníamos más o menos dieciséis años cuando descubrimos para nuestro uso personal la palabra «pausa», después de haber visto aquella comedia de Adam Sandler, *Click*. Siempre que un momento era tan bello que queríamos detener el tiempo, decíamos la palabra mágica. Y entonces, cuando cerrábamos los ojos y nos imaginábamos con mucha fuerza que el tiempo se detenía, funcionaba un poquito.

Cierro los ojos y digo:

—Pausa.

Pienso en el cielo resplandeciente, en nosotras dos, tumbadas en la hierba con nuestros vestidos y nuestras botas, cogidas de la mano, me imagino con fuerza que el tiempo se detiene, y sigue funcionando un poquito.

Yo: Te he echado de menos.

Marlene: Y yo te he echado de menos a ti.

Marlene: ¿Cuándo estuvimos por última vez en la finca de Killi?

Yo: Hace tres años, por su cumpleaños.

Marlene: Qué locura. Antes íbamos allí todas las tardes. Es raro volver al sitio en el que hemos hecho tantas tonterías.

Pienso en los hongos y en las pastillas que tomamos allí por primera vez, en la excesiva cantidad de porros que circulaban, en los chicos con los que nos enrollamos y en los cumpleaños de Kilian, con pastel de nata incluido, y digo:

—Es gracioso que aquello empezara con los cumpleaños de Killi, y que casi dos décadas después vuelva de Berlín a hacer una *rave* en el lugar donde se celebró su séptimo cumpleaños.

Pienso en todo eso, en nuestra amistad, y me pregunto cuándo empezamos exactamente Marlene y yo a distanciarnos, y me arrepiento de la pregunta en el momento mismo en que se me pasa por la cabeza, porque naturalmente conozco la respuesta.

Marlene se incorpora abruptamente y exclama:

—A propósito de la *rave*, vamos, sangre de gaseosa. —Me incorpora y me da la botella de vino—: ¡Bebe! Vuelves a parecer demasiado sobria, con tu memoria de mamut.

Vemos las luces de la finca a lo lejos, y cuando llegamos distingo numerosos rostros conocidos. De hecho han venido muchos que ahora viven en otras ciudades.

Marlene: ¡Guau! ¡Hay miles de personas aquí!

Echo un vistazo a la finca.

Yo: Calculo que unos 75 más/menos 8.

No ha cambiado nada. Como entonces, hay unos cuantos asientos repartidos al azar por el jardín plantado en medio del campo, bancos de cervecería, viejos sofás, sillas de plástico. Encantador. Al borde de la valla han montado la tarima y la han adornado con guirnaldas de luces de colores. Allí están Kilian, Leon y sus berlineses. Llaman la atención entre los demás rostros, todos ellos viejos conocidos, porque tienen un aspecto berlinés y urbano y quizá un poquito arrogante. Una lleva un top negro con una minifalda plisada también negra, el pelo rubio corto, bien cortado, incluido el obligatorio miniflequillo. Sin lugar a dudas, esto no es el KitkatClub, sino una finca en una ciudad pequeña, pero está bien que también aquí podamos olfatear un poquito de aire berlinés. Leon tiene buen aspecto, como siempre. Audaz. Pero distinto. ¿Mayor? No sé si encuentro atractiva o repugnante su seguridad en sí mismo. En cualquier caso, resulta arrollador. Y lo sabe.

Ni sus amigos ni él pueden negar dónde viven. En realidad, no les falta más que llevar escrita una gran B en la frente. Los bautizo como B1 a B5.

Cuando Marlene empieza a dar saltitos hacia B1, B3 y B5 y unos cuantos locales, la sigo, nos sentamos en los bancos de cervecería y charlamos, o más bien Marlene inicia un notable bombardeo de preguntas, al que sus víctimas se someten de buen grado y con buenos recursos, con respuestas y contrapreguntas.

Me doy cuenta enseguida de que los Bes Thara, Anna, Linus, Finn y Carlos son muy majos y nada arrogantes, me avergüenzo de mi juicio desfavorable del look tan *cool* y atrevido de Thara, y descarto la estúpida ocurrencia de usar la letra B para definirlos. En realidad, lo único que me pasa es que me dan envidia. Nos enteramos de que Thara es la amiga de Kilian y de que la amiga de Leon o lo que sea es Anna.

Durante la conversación, miro de reojo a Leon y a Anna, que es una rubia guapa y fría, mientras llevan juntos unas cajas de cerveza hasta el bar. Él luce cuatro nuevos pequeños tatuajes en el brazo. Como uno de esos que hacen cloud rap, aunque por suerte aún no se ha tatuado la cara. Se ha cortado su larga y ondulada melena castaña, y lleva barba de tres días. Me pregunto qué pasaría conmigo si me mudara a Berlín. ¿Cuánto tiempo podría resistirme al miniflequillo? Nuestras miradas se encuentran. Por primera vez. Se detiene, deja la caja en el suelo, se queda allí de pie, mirándome. Poco a poco inclina la cabeza, y en sus labios se abre camino una sonrisa. La sonrisa pícara con la que lleva dos décadas haciéndome perder el equilibrio, y que he echado un poquito de menos. Vuelve a coger la caja, aparta la mirada y sigue a su Anna.

Kilian se sienta a mi lado y me pasa el brazo por los hombros.

Kilian: Bueno, enanita saltarina. Me alegra volver a verte.

Yo: Hola, Killi.

Una vez —yo tendría diecisiete años—, iba corriendo furiosa por el bosque, me detuve a gritar en un claro, porque volvía a estar harta de mamá, y vi demasiado tarde a Killi, que estaba sentado en un banco fumando hachís. Todavía lo recuerdo, impertérrito; dio unos golpecitos a su lado en el banco, y me senté con él. Me pasó el porro, nos quedamos allí dos horas y nos fumamos tres canutos.

—¿Tu madre? —preguntó, y yo asentí. Por aquel entonces ya éramos amigos, y no se lo contó a nadie, solo me puso aquel nuevo mote.

Thara: ¿Por qué enanita saltarina?

Killi: Porque parece una enanita saltarina.

Leon me sigue cuando voy a buscar una cerveza, me pasa un brazo por los hombros, me aprieta contra él y me da un beso en la mejilla.

Leon: Te he echado de menos, gatita salvaje.

Yo: Pareces un cantante de cloud rap.

Miro de reojo sus tatuajes.

Leon se ríe. Me alegra poder distinguir los hoyuelos que se le forman cuando se ríe a pesar de la barba de tres días.

Leon: ¿Gracias?

Leon: Tú estás preciosa.

Yo: Gracias.

Nos sonreímos, y tengo que apartar la mirada porque la suya es demasiado intensa.

Leon: ¿Cómo estás?

Yo: Bien. ¿Y tú?

Leon: También. ¿Y cómo está Ida?

Yo: Bien, ahora dibuja con carboncillo.

Leon: ¿Qué dibuja?

Yo: Ahora mismo, seres fabulosos con rostros humanos.

Leon: Descríbeme las imágenes.

Yo: Hace poco pintó una rata con patas de insecto y el rostro de una mujer de risa malvada. Creo que era la cara de nuestra madre.

No me atreví a preguntarle a Ida si era el rostro de mamá. Odia que le haga preguntas sobre sus dibujos, y en realidad conozco la respuesta. Es el cabello oscuro y liso, la nariz de patata y la boca pequeña de mamá.

Me detengo delante del bar, hago como si examinara la selección de bebidas, contemplo vivamente a la mujer rata que tengo delante de mis ojos, y sus rasgos se modifican, las cejas se separan un poco y la risa se convierte en sonrisa, en una sonrisa triste. Solo quedan restos de lo malvado y destructor, y en los ojos del monstruo relampaguea un poquito de arrepentimiento y un delicado pálpito maternal.

Leon me mira.

Leon: ¿Vuelve a ir mal?

Me encojo de hombros.

Leon: Me pasaré uno de estos días, ¿vale?

Yo asiento.

Nos sentamos en el suelo, un poco apartados, medio juntos, medio uno enfrente del otro, y brindamos. Y entonces él me mira, lo siento mientras estoy mirando al suelo, hasta que alzo la vista y nos miramos muy directamente. Sin decir nada. Siempre ha sabido hacer eso de mirar directamente. Me pongo colorada.

Yo: Leon, para.

Leon: ¿De hacer qué?

Yo: Leon.

Él se ríe.

Yo: Deja de mirarme así.

Leon: Deja de hacerlo tú.

Yo: Sabes que no sé perder.

Se ríe. Yo me río con él, porque su risa es contagiosa, y los dos nos sobresaltamos un poco cuando, mientras seguimos riéndonos, Anna se sienta junto a Leon o medio encima de él y pega la cabeza a su cuello. Y, como todo es tan absurdo e incómodo, yo no puedo dejar de reír. Carraspeo, pero me asaltan pequeñas oleadas de risa una y otra vez.

Anna: ¿Todo bien?

Yo: Sí, *sorry*. Me pongo tonta cuando bebo.

Anna: ¿Qué es tan gracioso?

Leon: Tilda se ha tirado un pedo.

Yo me pongo a toser.

Anna ríe forzadamente: Qué encanto.

La situación, el silencio, mi risa, todo resulta muy incómodo, quiero levantarme, pero me doy cuenta de que se me han dormido las piernas y el intento de fuga solo lo haría todo más incómodo aún. Cuando veo a Marlene viniendo hacia nosotros con dos vasitos de plástico, respiro aliviada.

Marlene: ¡Cooonejita, aquí estás!

Se vuelve hacia Leon y le dice:

—Hermanito, con una chica basta, ¿vale? Tilda es mi chica. Anna es tu chica. ¿O quieres que cambiemos?

Marlene me levanta del suelo, y me voy cojeando tras ella con un hormigueo terrible en las piernas mientras le susurro:

—Gracias.

Marlene: No importa. Ponías una cara que pedía socorro a gritos.

Por el camino en dirección a la música grita, escandalosa y teatral:

—¡Socorro!

La gente se vuelve hacia nosotros, pero da igual, por supuesto. Marlene está bastante borracha, y debo tener cuidado de que no se olvide el canuto. Es imprevisible cuando está borracha, y el rubio Finn le gusta, me he dado cuenta.

Cogidas de la mano, al borde de la pista, empezamos a movernos lentamente al ritmo de la música; la verdad es que lo echaba de menos. Como entonces, vamos avanzando hasta quedar justo delante de los altavoces. Siempre necesito un poquito de tiempo para soltarme del todo. Al principio tan solo me divierte, y luego todo se vuelve pálido a mi alrededor, y el tiempo desaparece. Solo queda un ahora, sin ayer ni mañana, solo un ahora. Ahora. Ahora. Espero a que llegue. Cierro los ojos, dejo que el ritmo se me meta en las puntas de los dedos, en las manos, los brazos, el vientre, el pecho, la cabeza, y descienda por las piernas, hasta los pies, hasta las puntas de los dedos, y me entrego. Siento cómo se disuelven los pensamientos y las preocupaciones. El ritmo se acelera, y mi cuerpo también. Tan solo yo y la música. Pasan minutos, horas, o días. Quién sabe. Todo está bien. Todo está bien. Y todo da igual. Y, en realidad, todo es muy sencillo. Y en realidad es, en realidad, una expresión de mierda. Y sé que tengo que disfrutar esa ilusión de libertad, y sé que esa idea ya es demasiado. Quiero desconectar todos los pensamientos. Tan solo yo y la música, e intento meter todavía más la música en mi cuerpo y expulsar los pensamientos, meto el aire dentro de esta boca, de estos pulmones, sé que el momento de la desilusión va a llegar. Ahí está mi cuerpo, ahí está la música, y mi cuerpo se mueve hacia la música, y me siento bien. Pero también hay una pequeña Ida, y una madre que bebe, en mi cabeza. Abro los ojos, miro a los que bailan a mi alrededor, sus rostros sudorosos, sus ojos cerrados, sus miembros palpitantes, y pienso en Ida. Vuelvo a cerrar los ojos, pero es demasiado tarde. El momento de la desilusión se abre paso. Todo es tan miserable y absurdo... Me voy. Tengo que decírselo a Marlene, aunque intentará evitar que me vaya, la busco en la pista, la veo morreándose con Finn y me voy, *me dolía la cabeza, perdona*, tecleo en el móvil.

Carretera. Cielo estrellado. Huele demasiado bien. A verano. A asfalto recalentado, estiércol, heno. Y a algo más. Cierro los ojos y respiro profundamente por la nariz ese aire tan peculiar.

Maldita sea, no caigo. Puede que algo mágico. Algo que no es de este mundo. Maravillosa, la noche. Sopla una brisa suave. Pronto anochecerá. «Anochecer» es una palabra divertida. Como nombre está bien: anochecer, pero como verbo es un poco grotesco. Me dejo llevar por el viento y giro sobre mí misma. Y en ese momento todo me pertenece. A mí sola. La noche y yo, nosotras. Yo y la noche, que pronto caerá. Me detengo abruptamente. Un coche ha frenado a mi lado. Mierda. Echo mano a la riñonera, tecleo el 112 en el móvil, me arriesgo a mirar a la derecha. Mercedes Clase G. Negro. No es el coche clásico de un violador. ¿En qué dirección correr? La ventanilla baja, y miro el rostro de Ivan, el de Viktor.

Viktor: ¿Estás loca?

Su voz. Es áspera, suena un poquito ronca. Me gusta.

Lo miro, nerviosa: ¿Qué?

Viktor: ¿De noche por la carretera?

—Sujeto, predicado, objeto —digo.

—Sube —dice él.

—No —digo.

—Eh, Siri, llama a la policía —dice.

—No —digo, y subo.

Guardamos silencio.

Viktor: ¿Cuál es tu dirección?

Me tomo mi tiempo para responder.

Yo: Fröhlichstrasse 37.

Él esboza una risita. Una risa ronca, casi una tos, como si llevara mucho tiempo sin reírse.

Yo: ¿Qué?

Él niega con la cabeza, y sus rasgos vuelven a endurecerse.

¿Vamos a estar callados todo el viaje? Quiero decir algo, pero me da miedo balbucear, y tampoco sé qué decir. Así que me reclino y contemplo su perfil desde el costado. Su enmarañado pelo rubio platino, los rasgos marcados y duros de su rostro moreno, su nariz recta, las cejas bien delineadas, la boca estrecha. Es guapo, pienso. Se vuelve hacia mí, y veo, más impresionada si cabe, que su rostro cambia, se vuelve aún más hermoso, hay un centelleo en sus ojos, una sonrisa divertida, levanta las cejas con aire interrogativo, antes de volver a centrar la mirada en la carretera y de que sus rasgos se petrifiquen de nuevo, adoptando un perfil severo y griego, todo en cuestión de milisegundos, y prolongando por un instante una leve sonrisa. Me arde la cara. He estado mirándolo fijamente como una adolescente. Pero ¿qué se supone que debo hacer? Si no quiere hablar, podré mirarlo al menos. Además, tengo que comprobar si está bajo los efectos del alcohol o las drogas mientras conduce de noche por esta zona. ¿A santo de qué circula por aquí en mitad de la noche? Lleva puestos unos pantalones grises de chándal, así que probablemente no estaba en un bar ni nada por el estilo. ¿Tal vez una cita por Tinder? Siento curiosidad.

Yo: ¿Qué haces conduciendo por aquí en mitad de la noche?

Viktor me mira un momento y no responde. Probablemente se trate de una cita por Tinder.

Viktor: Conducir me tranquiliza.

Asiento, y no pregunto qué es lo que lo inquieta, porque lo intuyo. Guardamos silencio durante el resto del trayecto, dejo de mirarlo a él, y miro a través del parabrisas cómo se oscurece el cielo. Siento que por las noches tenga que huir de esa casa vacía en la que no puede conciliar el sueño y tenga que recorrer la región con el coche, solo.

—¿Dónde? —pregunta, cuando entramos en la Fröhlichstrasse.

Yo respondo:

—La casa triste y gris, al final de la calle.

Él esboza una sonrisa y reduce la velocidad al llegar delante de la casa triste. Escaneo las ventanas y me sobresalto: ¿por qué está encendida la luz del cuarto de Ida? El pánico me cierra la garganta. Abro la puerta, con el coche aún en marcha.

Yo: Para.

Viktor: ¿Pasa algo?

No contesto, salto del coche, abro la puerta del edificio, abro la de mi casa y llamo con dos golpes rápidos, una breve pausa y tres golpes lentos. La puerta de Ida está cerrada.

Yo: Ida, soy yo, Tilda. ¡Ida!

La abrazo con fuerza cuando me abre con su pijama de Piolín.

Yo: ¿Qué ha pasado?

No responde. Tiene el rostro lívido y se la ve atemorizada, pero no hay heridas visibles.

Yo: Ven, vamos a sentarnos en la cama.

Yo: ¿Te ha pegado?

Casi no oigo el ronco «no» de su respuesta, de tan bajito como lo dice. Se pega a mí, y las dos nos quedamos mirando la serie de dibujos que tiene enfrente de la cama. Se ven todas las etapas por las que ha pasado. A la izquierda del todo, el cerdito rosa. Empezó con dibujos de animales hechos con lápices de colores. Lo divertido de los animales de Ida es que siempre tienen una pequeña aleta en la espalda, da igual que sean pájaros o cerdos. Antes no le podía preguntar el porqué de la aleta, ni reírme. Cuando no podía reprimir la risa, Ida se ofendía y se pasaba por lo menos tres horas sin hablar conmigo. Después de los animales vinieron los cuentos. Pintaba con ceras todos los cuentos que tenía que leerle regularmente, los que le gustaban. Ahí está Blancanieves en su sarcófago, a su alrededor los siete enanitos y el príncipe, y un trozo de manzana que se le cae de la boca. A su lado Rapunzel, echando su larga trenza por la ventana para que el príncipe trepe por ella. Y la Bella Durmiente, que abre los ojos cuando la besa el príncipe. En ese preciso instante me doy cuenta de que siempre retiene el momento culminante. Hermoso y triste, pienso. Después de los cuentos tradicionales, dibujó nuestros propios cuentos, y después vinieron los seres fantásticos. Pintaba con acuarelas elfos y duendes, enanos y gigantes. Esa etapa duró mucho tiempo, e incluso recurrió a distintas técnicas. Todavía hoy, a veces pinta bosques verdes, pero suele hacerlo con pintura acrílica, y, si se mira con atención, puede atisbarse un pequeño elfo o un duende entre las copas de los árboles. Ahora dibuja al carboncillo seres fabulosos con rostros humanos. Miro la rata con patas de insecto y el rostro de mamá y no sé si me gusta o me da miedo. Puede que las dos cosas.

Entretanto, Ida empieza a hablar en voz baja.

Ida: Vino a mi habitación, quería hacerme lasaña.

Silencio.

Ida: Yo no quería. Estaba borracha. Le dije que no tenía hambre. Y que quería pintar.

Silencio.

Ida: Entonces perdió los nervios y empezó a gritar. Me quitó el dibujo, lo estrujó y se lo metió en la boca.

Silencio. Trago saliva.

Ida: Salió corriendo. Cerré la puerta. Empezó a darle golpes y a gritar que abriera. No paraba.

Silencio:

Ida: Luego se fue.

Silencio.

Ida: Y ahora has venido tú.

Mierda. La abrazo fuerte. Una lágrima cae sobre mi brazo, y no sé si es mía o suya. Aunque Ida no llora.

Yo: Vuelvo enseguida.

Voy a la cocina, lleno un cubo de agua fría, le añado cubitos de hielo, lo dejo en el balcón, arrastro afuera a mamá —no es más que un saco apestoso— desde el sofá y le grito:

—¡Siéntate!

Hace más de un año de la última vez que tuve que utilizar el cubo. Balbucea, se deja caer en la silla con los miembros extendidos, cierra los ojos, y solo vuelve a abrirlos con cara de pánico cuando le vierto el cubo en la cabeza.

Mamá: ¡Tilda!

Tilda: Te voy a decir una cosa. Si vuelves a asustar a Ida aunque sea una sola vez, llamaré a la policía. ¿Has entendido?

Me mira.

Tilda: ¿Has entendido?

Asiente.

Me voy y vuelvo a sentarme junto a Ida, que me mira con los ojos muy abiertos. El balcón está justo al lado de su ventana. Vuelve a apoyar la cabeza en mi hombro. Nos quedamos sentadas así en su cama durante mucho tiempo, y, cuando creo que ya se ha dormido, me pregunta:

—¿Por qué el nadador sigue delante de nuestra casa?

En ese momento me doy cuenta de que fuera hay una luz encendida, me pongo en pie de un salto, voy a la ventana y veo a Viktor, apoyado en su coche, fumando y mirándome de frente. Mierda. Levanto los pulgares. Él asiente, tira la colilla al suelo, la pisa, sube al coche y se va.

Como siempre, al día siguiente el monstruo da señales de arrepentimiento, y al otro; mamá no se ha disculpado, de eso nada, pero ha recogido y limpiado la casa y ha hecho los obligados huevos fritos, mientras Ida y yo pintábamos y calculábamos en silencio.

La mayoría de las veces, cuando ha montado una gorda, hace huevos fritos. Por eso Ida y yo odiamos los huevos fritos. Antes solía hacer tostada hawaiana, pero normalmente faltaban ingredientes, y los *crackers* con queso de sándwich o las tostadas con una rodaja de piña saben fatal. Por eso ahora hay huevos fritos casi regularmente, por término medio cada doce días. Es, por así decirlo, nuestro ritual familiar. Cuando mamá se ha pasado de la raya y ha bebido más que de costumbre, nos ha gritado o hemos tenido que volver a sujetarle el pelo mientras se agarra a la tapa del váter, al día siguiente hace huevos fritos. Después de hacerlos se contiene dos, a veces incluso tres, y en los casos más raros hasta cuatro días, nos hace compañía en la cocina, come con nosotras, bebe menos o de manera menos evidente y no se echa tanto en el sofá.

Sin embargo, después de la fase de arrepentimiento no tarda en volver a su modelo. En realidad, enseguida. Es como si apretara un interruptor, y tomase una decisión: «Desde ahora vuelvo a estar mal». 3, 2, 1, *go!*

Ayer, nos comimos en silencio los tres huevos fritos requemados, y la verdad es que no lo entiendo: o le salen demasiado blandos, o se le queman.

Yo: La verdad, después de haberlos hecho tantas veces, tendrías que ser capaz de freír unos huevos perfectos.

Mamá se ha echado a reír, de manera ruidosa y exaltada, y yo he considerado por un momento la posibilidad de negarme a comer el huevo quemado, pero no me quedaba la suficiente energía para sublevarme y tampoco tenía ganas, habría sido una lástima por los huevos, y sobre todo no quería estresar más a Ida. Además, los huevos son sanos.

El lunes por la mañana, Ida y yo vamos en silencio al colegio. Desde el incidente, Ida está muy silenciosa. El sábado estuvo todo el día metida en su cuarto, pintando y haciendo los deberes. Normalmente pasamos la mayor parte de los fines de semana juntas en la cocina. Vino a comer, solo me dio respuestas monosilábicas e incluso se limitó a encogerse de hombros cuando le pregunté si le apetecía un flan de vainilla. El sábado no quiso ir a la piscina, aunque llovía. Yo tampoco fui. La verdad es que tenía la intención de hacer algo con Marlene durante el fin de semana, pero preferí quedarme en casa. Sorry, *mamá está desquiciada, este fin de semana me quedo*, le escribí a Marlene, que reaccionó de manera sorprendentemente comprensiva.

Marlene: ¡Oh, no, conejita!

Marlene: Todo claro.

Yo: ¿Todo claro?

Marlene: Por completo.

Marlene se va hoy o mañana con Kilian y Co a Berlín.

Marlene: Un par de días.

Yo: ¿Con Kilian y Co y Finn?

Marlene responde con el emoji del mono que se tapa los ojos. No entiendo qué les pasa a todos con esos emojis de monos. ¿Qué significa en realidad un mono que se tapa los ojos?

Yo: Que te diviertas.

Marlene: Y que se mejore tu madre.

Marlene: O lo que se diga siempre.

Marlene: Te llamo pronto, ¿vale?

Marlene y yo nunca hablamos por teléfono, pero aun así ella siempre dice que me va a llamar pronto.

Le envié el emoji del mono que se tapa los ojos. Marlene me envió diez emojis de corazones, y con eso terminó la conversación.

Cuando Ida volvió a aparecer en la cocina con su mochila de Snoopy y las cosas de pintar, y se sentó a la mesa, en silencio junto a mí —yo estaba trabajando en una hoja de ejercicios—, nos sonreímos con timidez. Seguía muy silenciosa, pero al menos por la tarde me preguntó qué pasaba con el flan de vainilla que le había prometido.

De camino al colegio comienzo nuestro juego, me balanceo al borde de la acera, dos pasos por pieza del bordillo, y digo:

—Érase una vez una princesa que, una mañana, se despertó y se había convertido en una liebre...

Ida no contesta, pero veo por el rabillo del ojo que me está siguiendo en el bordillo. Sigue el juego. Al cabo de medio minuto me adelanta por fin y dice, durante la maniobra de adelantamiento:

—La princesa no sabía qué hacer. Salió dando brincos de su habitación al jardín del castillo.

La adelanto: Empezaron a buscar desesperadamente por los alrededores del castillo. Todos sus habitantes buscaban a la princesa, y esta no sabía cómo hacerles comprender que la liebre era ella. Podía hablar, pero tenía miedo de que nadie la creyera y la encerraran o la mataran, como se suele hacer con las liebres y otros animales.

Me adelanta: Un día, el pinche de cocina la atrapó. Quería llevársela a la cocina y asarla en el horno. Pero era un chico listo. Se fijó en los ojos verdes de princesa de la liebre.

Muy poética, la pequeña Ida. Y cada vez cuenta mejor las historias.

La adelanto: Se llevó a la liebre a su cuarto para ayudarla. Estaba seguro de que la transformación tenía algo que ver con su última noche como princesa. ¿Qué había pasado aquella noche?

Me adelanta: Ella recuerda. La noche pasada había tenido una pesadilla. Estaba subida a una balsa en un mar agitado. Un monstruo marino se encaramó a la embarcación. El monstruo obligó a la princesa a tomarse una pastilla. La princesa no se atrevió a decir que no.

La adelanto: Y se la tragó. El chico supo que solo había una manera de revertir la transformación.

Me adelanta: La liebre tenía que subirse a una balsa.

La adelanto: Y se fueron a la orilla del mar, y el chico construyó una balsa de juncos y puso a la liebre encima.

Me adelanta: Y el monstruo vino. Esta vez quería que la liebre saltara al agua. Pero no quiso. La liebre gritó: «No». Y en ese momento volvió a transformarse, y la princesa regresó a su cuerpo de princesa.

La adelanto: El pinche le cortó la cabeza al monstruo con el cuchillo de cocina, el pinche y la princesa volvieron al castillo, todos se alegraron, el pinche y la princesa se casaron, tuvieron muchos hijos, fueron felices...

Me adelanta: ... y comieron perdices.

Lo hemos conseguido. Estamos delante de su colegio, e Ida alza la vista hacia mí. En algún momento me saluda con la cabeza. Sé lo que significa ese saludo, y se lo devuelvo.

—Hasta luego —dice, y se dirige hacia la entrada; poco antes de llegar, se da la vuelta una vez más y me hace una seña. La pequeña Ida. Corro al tranvía.

Agua mineral con gas, agua mineral con gas, chocolate Kinder, grageas de cola, Cini Minis, cereales Lion, patatas fritas Smiley, leche entera, leche entera, varitas de pescado, una bolsa de la carnicería, pan tostado, Nutella, nectarinas, crema Paraíso de vainilla, crema Paraíso de caramelo, crema Paraíso de *stracciatella*. Mediados los treinta, mujer, definitivamente madre, un poquito marginal, calculo, digo «32,49 euros», por fin alzo la vista y, cuando me encuentro mirando el rostro de Viktor, no puedo reprimir una sonrisa.

Yo: ¿Estás organizando un cumpleaños infantil?

Esboza una sonrisa. La verdad es que debería sonreír más a menudo.

«Con tarjeta», dice, paga, mete las compras en su carrito Reisenthel rojo, saluda con la cabeza y se va. Realmente lleva un carrito Reisenthel. No me lo imagino plantándose en la panadería con el carrito. Y aún me imaginaba menos todo lo que lleva en el carro. Yo pensaba que solo comía carne con arroz, o algo con muchas proteínas, para nutrirse y tener suficiente energía y músculos para sus sesiones de natación. Pero no contaba con que llevara lo que parece la lista de la compra de un niño de ocho años. Y ese carrito de Reisenthel. Seguro que era de su madre. Yo estaba en cuarto cuando, un día, mamá me hizo entrega solemnemente de su carrito Reisenthel azul y me dijo que desde ese momento podía ir al supermercado de vez en cuando. Al principio aún me daba una lista de la compra, y era emocionante hacer una cosa tan de adultos. Empujaba orgullosa el carrito por entre las estanterías y necesitaba una eternidad para encontrar las cosas yo sola. En algún momento dejé de llevar una lista, y durante un tiempo mi carro fue parecido al de Viktor, solo que al mío iban a parar las variantes Gut&Günstig de los productos de marca, carne barata y nada de fruta y verdura. Pero en algún momento, o más bien desde que llegó Ida, empecé a cuidar de que nos alimentáramos de una manera medio sana. Para crecer y hacernos fuertes.

Como siempre, las últimas dos semanas anteriores a las vacaciones los edificios de la universidad huelen a sudor de estrés, café y lágrimas, y me prohíbo a mí misma dejarme arrastrar por esa histeria colectiva. No tengo talento para eso. Me resulta un poquito divertido ver en esta época a los estudiantes como infectados por un virus loco, arrastrándose hasta la uni con ojeras, pantalones de *jogging* y bolsos gigantescos llenos de túpers y bebidas energéticas, como si fueran a la guerra, y plantar sus reales en todas las mesas disponibles, pero sobre todo me irrita que mi plaza en la biblioteca, justo al lado de la ventana, esté ocupada, y también todas las demás. Me siento delante del aula donde vamos a discutir los temas de TFM, y estoy hojeando *An Introduction to Stochastic PDEs,* de Hairer, cuando Anna se me acerca arrastrando los pies, con unos pantalones grises de *jogging*, una camisa blanca dos tallas más grande de lo necesario y unas grandes gafas de plástico. Normalmente lleva lentillas. Parece al límite.

Yo: Qué gafas más guais.

Ella suspira, se deja caer en la silla de al lado, saca una lata de Red Bull de la mochila y pregunta:

—¿Quieres una?

Anna no solo lleva encima auténticas latas de Red Bull, sino que también suele llevar las mejores ediciones especiales.

Yo: Sí, gracias. ¿Tienes de arándanos?

Ella hurga en la mochila como una traficante, me entrega la lata solicitada, y brindamos.

Anna señala con la cabeza a los otros compañeros, que discuten en círculo sus ideas en voz demasiado alta.

Anna: Tía, todos tienen ya el plan de su TFM. ¿Tú también?

Yo: Más o menos.

Anna: ¿Sobre qué vas a escribir?

Yo: Algo sobre las SPDE.

Anna: Joder. Pero guay. Yo no tengo nada. Y todavía me quedan dos exámenes esta semana, y otro oral. Creo que no voy a conseguirlo. ¿Conoces a alguien que venda Ritalin?

Yo: Saldrá bien. Las defensas de los TFM serán después de los exámenes y las vacaciones.

Anna: Sí, me ponen de los nervios. Yo quería hacer un pequeño viaje por el mundo en mis últimas vacaciones antes del TFM, y entonces me toca este seminario de mierda.

Me pregunto cuántas etapas tiene un pequeño viaje por el mundo. Solo los vuelos cuestan ya una fortuna. A veces miro, por mirar, los precios de los vuelos de larga distancia, a Costa Rica, Japón o Nepal, a sitios que me parecen guais. Sin más. Luego cambio la fecha de vuelo, el día, el mes, el año, y veo cómo cambia el precio, y a veces, cuando encuentro un precio bueno de verdad, estoy a punto de picar. Pero no tengo ni idea de lo que estaré haciendo el 5 de mayo del año que viene.

Anna: ¿Nos sentamos juntas y hacemos un poquito de *brainstorming* con el TFM?

La miro divertida, porque las dos sabemos lo que quiere decir «sentarnos juntas y hacer un poquito de *brainstorming*», pero Anna parece realmente desesperada, y me ha dado una Red Bull de arándanos. Sorbo un poco de ese brebaje empalagoso y digo:

—Muy bien, pero antes piensa en unos cuantos temas que te gusten y te parezcan interesantes.

Anna asiente, abrumada, y dice:

—Gracias, Tilda. Eres mi empollona favorita.

El profesor Klein abre la puerta y, cuando paso delante de él y lo saludo, dice:

—Señora Schmitt, haga el favor de venir a verme a mi despacho después de las exposiciones.

¿Qué quiere? Me vuelvo a sentar, nerviosa, y ya no escucho a los demás, que discuten las primeras ideas de sus tesis. ¿He faltado demasiado a clase? Cuento las sesiones del profesor Klein a las que no he acudido, y me doy cuenta, sobresaltada, de que este semestre me he pasado un poco. Quizá ha sido un error pensar que podía compensar mis ausencias esporádicas con buenas notas. Pensaba que existía un acuerdo tácito entre el profesor Klein y yo: yo falto entre de vez en cuando y mucho, y a cambio hago impecablemente todas las tareas y los exámenes. ¿Qué le digo? La verdad, desde luego, no: «Mi madre es alcohólica, no me gusta dejar a mi hermana pequeña sola con ella y el viaje en tranvía hasta la uni dura más de una hora». Podría contarle que hago más horas en mi trabajo porque en estos momentos mi madre está en paro, o mentir y decirle que estoy enamorada y mantengo una romántica relación a distancia. Esto último le resultaría tan incómodo al sobrio y riguroso profesor Klein que probablemente aceptaría enseguida la excusa y me echaría antes de que empezase a dar detalles. «Nos hemos conocido a través de una web de citas. Se llama Robert y es actor».

Después del seminario, voy enseguida a su despacho y espero a que llegue y me haga pasar. Le diré lo del trabajo, porque es verdad y no quiero mentirle a mi profesor favorito, aunque la idea de lo de Robert es bastante buena.

En cuanto nos sentamos uno enfrente del otro, empieza.

Profesor Klein: Señora Schmitt, quería hablar con usted sobre su futuro.

Socorro.

Yo: La verdad es que, por principios, no hablo de mi futuro.

Profesor Klein: Por principios no tengo nada que objetar a ese principio. Pero en este caso espero que haga usted una excepción.

Asiento.

Profesor Klein: Últimamente, he mencionado en el seminario una beca predoctoral de la Universidad Humboldt con perfil Teoría de la probabilidad.

Me pongo nerviosa.

Profesor Klein: Le ruego encarecidamente que se presente, por supuesto estaré encantado de recomendarla.

Yo: Ni siquiera he escrito mi trabajo de fin de máster.

Profesor Klein: Va a escribirlo ahora. Es un momento óptimo, así podrá pasar sin transición del final del máster al comienzo del doctorado.

Me embarga una sensación de irrealidad al salir del despacho del profesor Klein, y no sé adónde ir. Me dejo llevar, cruzo el campus, demasiado lleno de gente, hasta el casco antiguo, demasiado lleno de gente, hasta la zona residencial en el límite de la ciudad y más lejos aún, mientras en mi cabeza reina el caos. Estoy feliz, pero también confundida. Y triste. Y cansada. Y me palpita un ojo, y sudo, y no me siento en condiciones de tomar ninguna decisión. Berlín. Berlín sería una pasada. Una beca predoctoral en la Universidad Humboldt de Berlín. Una beca predoctoral. Mi objetivo a largo plazo ya era trasladarme algún día, pero no directamente a Berlín, y sobre todo solo cuando Ida fuera mayor y lo bastante autosuficiente. Paso por delante de los viñedos, y por mi rostro no corren lágrimas, sino sudor. Me permito pensar unos instantes en un futuro en Berlín. Por las mañanas iría en el suburbano a la universidad, al despacho que compartiría con otros dos doctorandos. Allí haría cálculos y leería y trabajaría todo lo que quisiera, entre las pausas de la comida y del café. Tendría mi propia taza en el armario junto a la máquina de café. Por las tardes iría a mi casa y me sentaría en el balcón, tal vez tomaría una cerveza o una copa de vino y llamaría a Ida mientras se pone el sol. Ella me contaría su jornada, me hablaría de los chicos o las chicas de los que se ha enamorado, de sus dibujos, de mamá, que a veces está mejor y a veces peor. Entonces pienso en Ida el viernes por la noche, con el pijama de Piolín y la carita pálida y atemorizada.

En algún momento he llegado arriba, al límite del bosque, a las ruinas del castillo; me siento en el muro, estoy empapada en sudor, bajo la vista hacia la ciudad e intento verlo todo de forma racional. Me seco las gotas de sudor de las mejillas.

Enero. Cinco meses. Tendría cinco meses de plazo para preparar a Ida. Tendría que convertirse en una luchadora, y yo tendría que armarla para eso. Como Mr. Miyagi a Daniel o Frankie a Maggie. Porque solo me puedo marchar cuando Ida esté armada. Tiene que convertirse en una luchadora, y yo tengo que armarla. No puedo perder tiempo, cierro los ojos un momento, relajo los músculos ardientes de mis piernas, salto del muro y bajo corriendo al casco antiguo, a la videoteca, que, con sus rincones desbordantes de erotismo y *gaming* y las *shishas* que ahora también venden, se ha convertido en un colector de personajes extravagantes. El primer paso de mi plan es educar a Ida en la cultura pop, a fin de convertirla en una *Million-Dollar-Baby*, para lo cual tomo en préstamo *Los juegos del hambre*, *Blancanieves y el cazador* y *Kill Bill*. Las películas *indies* sentimentales, como *500 días juntos* y *Oh, boy*, sobre personajes que están enfermos o no saben del todo lo que quieren, no nos ayudarán, no ayudarán a Ida.

Aún tengo que pensar otras medidas, pero no ahora. Hoy ya no puedo más.

Cuando me siento en el autobús, vacío la cabeza, intento mantener los ojos abiertos, pienso en Katniss y Blancanieves y me pregunto por qué película empezar. Cuando por fin estoy en la piscina, que huele a cloro, crema solar y césped, me arranco el vestido sudado como si ardiera, tiro mis cosas en el banco de Ursula, y el agua, en la que me dejo caer sin ducharme, se pega a mi cuerpo exhausto y lava de mi piel el caos que he transpirado. Como en trance, nado 23 largos, me siento en el banco junto a Ursula y miro a Viktor.

Ursula: ¿Te ha hecho algo?

Yo: ¿Quién?

Ursula: El ruso.

—¿Quién? —vuelvo a preguntar, porque no quiero llamarlo así.

Ursula: Bah, Tilda, el guapito rubio. Sabes muy bien a quién me refiero.

Yo: No. ¿Por qué?

Ursula: Sigues sus largos todas las tardes como si fuera un partido entre Nadal y Federer.

Niego con la cabeza.

Yo: No lo hago, pero es una bonita comparación.

Ursula: Sí, todas las tardes, después de nadar, te quedas mirándolo hasta que termina sus largos y te vas.

Me callo. Esto tiene que parar. Estoy casi obsesionada con él, y ni siquiera sé por qué. O sí que lo sé. Es como un enigma que quiero resolver, como una tarea de mates que no entiendo, y odio no entender enseguida las tareas de mates. Desde que lo vi encima del poyete se me ha metido en la cabeza, que de todas formas ya está demasiado llena, y no sé lo que quiere y me gustaría sacarlo, pero al mismo tiempo no quiero sacarlo. Mirarlo mientras nada sus 22 largos me tranquiliza, tiene un estilo bonito, y su rostro me recuerda al de Ivan, aunque es totalmente distinto. Me gusta su cara, su pelo rubio platino enmarañado, sus rasgos morenos y duros, su nariz recta, las cejas bien delineadas, la boca estrecha, y me gusta su sonrisa. Me gustan sus ojos azul helado. Me gusta su voz ronca, que utiliza tan poco. Me gusta lo poco que dice con ella. «Conducir me tranquiliza». Me gusta que haya esperado delante de nuestra casa. Y me gusta cómo va a comprar con su carrito de Reisenthel. Ayer por la noche iba a buscar en el portátil unos cuantos artículos y libros para mi TFM, pero al final me pasé dos horas buscando algo sobre Viktor con la información de que dispongo, googleando «Viktor Volkov», «Viktor Volkov hacker», «Viktor Volkov tecnologías de la información», «Viktor Volkov Londres», «Viktor Volkov MIT», «Viktor Volkov Massachusetts», etcétera. Nada. No hay ni una sola entrada acerca de él, ni una sola foto. Tan solo hay unos cuantos artículos sobre el accidente. Pero nunca los leeré.

Yo: ¿Qué sabes de él?

Ursula conoce a todo el mundo aquí, y todo el mundo conoce a Ursula.

Ursula: Solamente lo que saben todos. Aquí no pasan tantas cosas.

Yo: ¿Qué?

Ursula: Era un superdotado. Un *nerd* de los ordenadores. Luego está lo de aquel hackeo. Fue uno de los pocos del bloque de los rusos que hizo la reválida. Luego se fue a Estados Unidos y volvió con mucho dinero, le compró a su familia una casa y un coche. Y luego pasó lo del accidente de tráfico, y desapareció. Una trágica historia. No sé ni cuánto tiempo hace de eso.

Yo: El 9 de agosto hará cinco años.

Guardamos silencio. Ursula suspira.

Yo: ¿Sabes dónde ha estado últimamente?

Ursula: No. ¿Cómo voy a saberlo? Tiene más bien tu edad. Pregúntale.

Ursula: Antes incluso eras amiga de su hermano pequeño. Os vi juntos a menudo, siempre hacíais pícnics en el campo, con los caballos. Tu Marlene, tú y el camello.

Yo: Ivan.

Pícnics. También se le puede llamar así. Durante un verano, los tres hicimos pícnics. Del 1 de junio al 9 de agosto. Fue el mismo y el único verano a comienzos del que Ivan se convirtió en nuestro amigo, y en cuyo punto culminante murió.

El 1 de junio por la tarde, una tarde tibia de verano, Marlene y yo estábamos con unos amigos en la finca de Kilian. Había música electrónica, circulaba un porro tras otro, y bebíamos cerveza. Estábamos pasadas, cansadas, *high* y aburridas. Sobre todo, Marlene se aburría. Estaba aburrida de la música, de nuestros amigos, de las tardes que siempre eran iguales, de su familia, de nuestra pequeña ciudad. Desde que había vuelto de Tailandia con su mochila, todo la aburría. Y quería irse de esta «ciudad de mierda». La nueva Marlene era agotadora. Era como un segundo trabajo en horas libres.

Mientras Marlene había dedicado un año sabático a encontrarse a sí misma, yo trabajaba a tiempo completo en el supermercado para financiar mis estudios de Matemáticas, que empezaban en otoño. Los días se repetían, uno tras otro con el mismo discurrir, y yo intentaba conformarme con el hecho de que más o menos así iba a ser mi futuro en este lugar de mierda. Por la mañana llevaba a Ida a la guardería, de allí me iba a trabajar al supermercado, y al atardecer recogía a Ida. Pasaba un ratito en casa con ella, a veces también se ocupaba mamá, que comparada con ahora estaba muy bien en aquella época. Por aquel entonces me molestaba mucho que siguiera durmiendo cuando Ida y yo nos íbamos por la mañana, y que por las tardes se limitara a untarle una tostada de Nutella a Ida. Ahora me irrita no haber disfrutado a conciencia de aquella etapa. Si hubiera sabido lo que nos esperaba a Ida y a mí... Cuando Ida se iba a dormir, mamá y yo solíamos dar vueltas por la casa, con el televisor puesto; yo leía, ella a veces también.

Cuando Marlene regresó a casa, iba a buscarme casi día sí día no para escapar conmigo de su aburrimiento. Yo tenía que tomar drogas con ella, bailar en *raves* convocadas en bosques o debajo de puentes, acoplarme a gente extraña que había pescado en cualquier lugar y que luego no era tan interesante como ella había pensado cuando la pescó. Yo solo estaba cansada, sin más. También aquella tarde del 1 de junio, cuando nos encontrábamos en la finca de Kilian y de pronto a Marlene le entró el mono de éxtasis.

Marlene: Tengo mono de éxtasis.

Yo gemí mentalmente. Anteayer habíamos estado tomando anfetas.

Kilian: Sí, hecho, ¿tienes?

Marlene: No, no.

Un colega de Kilian, cuyo nombre he olvidado: Llama al ruso.

Todos sabíamos que el ruso se llamaba Ivan, porque había ido a la misma guardería y a los mismos colegios que nosotros, pero nadie aceptaba que el ruso tenía nombre.

Así que llamamos al ruso, y el ruso vino. Y, cuando estuvo allí, Ivan, alto, con su pelo casi blanco, sus ojos fríos, y nos miró arrogante y despectivo después de pedirnos 100 euros por 5 pastillas, supe que Marlene no encontraba aburrido a Ivan.

Colega tonto de Kilian: ¿20 por pastilla? ¿En serio?

Ivan: 12 euros por pastilla, y 8 euros de gastos de suministro por pastilla.

Marlene se echó a reír, yo la miré, se le habían puesto las sienes de carne de gallina.

Kilian y el colega tonto capitularon y le pusieron a Ivan en la mano 2 de 50, que Ivan metió en su riñonera negra Eastpak a cambio de una bolsita de plástico. Su sonrisa arrogante, divertida, se hizo más amplia; saludó con la cabeza, se volvió y, antes de que llegara a la puerta del jardín, Marlene gritó:

—¡Eh, Ivan! ¿Te molaría ir a la piscina?

Él se detuvo, volvió la cabeza, y Marlene e Ivan se sonrieron.

Él no respondió, simplemente volvió a darse la vuelta y salió por la puerta del jardín. Marlene se puso en pie de un salto, tiró de mí y corrió tras él. Yo corrí tras ella. Y desde ese momento casi todos los días fuimos juntos los tres al mar o al campo. Fue un verano muy cálido, bochornoso. Ivan y Marlene estaban enamorados, y yo estaba simplemente ahí.

Ursula: Ahora puede que viva en Hamburgo, ¿no? Por lo menos su coche tiene matrícula de Hamburgo.

¿Cómo era posible que yo, imbécil de mí, nunca me hubiera fijado en la matrícula? En Ursula sí se puede confiar.

La mesa puesta para la cena. Hacía mucho que no veía una cosa así. Pan cortado en una cesta. Una lata de mantequilla. Queso. Embutido. Rabanitos cortados en forma de flor. Había ido a comprar. No me atrevo a creer en semejante paz, Ida también está a la expectativa. ¿Cuándo puso la mesa por última vez? Normalmente siempre hay huevos fritos al día siguiente. Pero ¿una mesa puesta para la cena, tres días después? Desde el punto de vista estadístico, la fase de arrepentimiento tendría que haber terminado hace mucho. Y de hecho no puedo recordar una sola mesa puesta para la cena en esta casa. Solo recuerdo la mesa puesta en casa de Marlene. Cuando mi padre nos abandonó, antes de que naciera Ida, y Marlene pensaba que sus padres eran imbéciles, después del colegio yo iba todos los días a casa de Marlene. La madre de Marlene, Lisa, siempre sabía cuándo íbamos a llegar, porque nuestro horario de clases estaba pegado en la nevera, y nos preparaba algo para cenar. Había algo distinto casi todos los días, y a veces incluso nos traía kebab. Eso era lo más. Después de cenar hacíamos los deberes en la mesa de la cocina, y cuando habíamos terminado podíamos desfogarnos, relajarnos como adolescentes hasta que el padre de Marlene, Markus, llegara del trabajo, porque entonces cenaba toda la familia. Y yo. La cena, que no se servía en la cocina, sino en la gran mesa de pino del comedor, era bestial. Distintas clases de pan, a menudo incluso brezel, siempre alguna ensalada, la mayor parte de las veces una ensalada verde, pero de vez en cuando también ensaladas *fancy* con pasta, feta o remolacha, una tabla de embutidos y otra de queso, siempre con tomates o pepinillos en vinagre, un tarro de mostaza, un bote plateado de mantequilla y a veces hasta un plato con fruta cortada. Todo el mundo tenía delante un plato y una fuente de ensalada, y al lado una servilleta. Las primeras veces yo estaba tan desbordada que me limitaba a imitar a Marlene en todo. Si ella cogía un brezel, yo cogía un brezel; si ella lo untaba con queso fresco, yo lo untaba con queso fresco. Hasta que una noche cogió una rebanada de pan negro, lo untó con excesiva generosidad con toneladas de paté, puso encima unas rodajas de plátano y uvas, que aplastó con el tenedor, coronó toda aquella cosa repugnante con una cucharada de mostaza dulce y al final le echó sal. Naturalmente, yo la imité en todo. Y en el momento en que iba a meterme en la boca aquel pan valerosamente untado, cuya cobertura me hacía pensar en fluidos corporales, Markus, Leon, Lisa y Marlene se echaron a reír.

Marlene: ¡Ya os he dicho que me imita en todo!

Fue muy embarazoso para mí, pero desde ese momento empecé a participar de la mesa, y con el tiempo fui atreviéndome más a la hora de coger cosas. Cuando había llegado a probar combinaciones tales como brezel con mantequilla, morcilla, mostaza dulce y pepinillos cortados en lonchas muy finas, de pronto Marlene encontró a sus padres molestos e irritantes, no quiso seguir en su casa y optó por irse a fumar porros a algún parque con ciertos tipos. Yo cada vez estaba menos con ella, porque entretanto había nacido Ida, y quería y debía pasar más tiempo con mi hermana. Era agotador, y a la vez bonito y emocionante, que de pronto viviera en mi casa un ser nuevo, pequeño, inocente, y no estuviéramos solo mamá y yo. Tuve ocasión de escoger su nombre porque a mamá no se le ocurría ninguno, así que Ida también fue un poquito mi niña. Con Ida, de pronto volvía a tener un ancla, una familia, que hacía mucho tiempo que creía perdida. Por supuesto que echaba de menos el tiempo que pasaba con Marlene, pero por otra parte no lo echaba de menos. Echaba de menos los viejos tiempos, la época anterior a los canutos, porque en realidad prefería comer helados con Marlene delante del televisor que fumar porros con no sé qué tipos en no sé qué parques. Y sobre todo echaba de menos las cenas con ella, en las que probablemente no volvería a participar, porque Marlene no las echaba de menos. Y no podía seguir huyendo de mi verdadera casa. Ahora tenía que ocuparme de Ida, de mi familia, para que no volviera a quebrarse. Alguna que otra vez, cuando a Marlene la castigaban sin salir de casa porque sus padres habían encontrado costo en su habitación, insistía en que le hiciera compañía, y me alegré de volver a sentarme a cenar con ella. Pero Marlene perdió los nervios antes de poder añadirle nada al pan de semillas de calabaza con camembert. «Os odio», «Sois tan injustos...», «Todos fuman», gritaba histérica. Marlene me parecía lamentable y exasperante, pero por supuesto me puse de su lado. Esa fue, por desgracia, la última cena para mí, porque después Marlene se negó con vehemencia a cenar con su familia. Pero eso estuvo bien, porque de todos modos no pude seguir yendo cuando Ida creció y mamá se puso peor.

Con la misma cautela que entonces con Marlene, Ida y yo nos sentamos a la mesa y nos sentimos desbordadas al observar todo lo que tenemos delante, aunque naturalmente la selección es un poco más modesta y está dispuesta con menos cariño. El embutido y el queso aún están dentro de su envase de plástico Gut&Günstig, y no hay ensalada. Pero sí un cuenquito con rosas de rábano. Ni Ida ni yo echamos mano al pan. Mamá nos pone una rebanada en el plato a cada una y se ríe. Se ríe de veras.

Mamá: Ay, mis dos cabezotas. Lo del viernes estuvo mal.

Mira a Ida, e Ida mira la rebanada que tiene delante.

Mamá: Voy a cambiar. Lo siento.

Yo: Es la decimoséptima vez que dices que vas a cambiar.

Mamá: Pero esta vez lo digo en serio.

Yo: Es la decimotercera vez que dices eso.

Mamá: Me vas a volver loca con tus números.

Yo: Tú me vas a volver loca con tu forma de ser.

Mamá: Tilda. Lo siento, ¿vale? Lo conseguiré.

Me trago una respuesta que vuelve a contener una cifra, pero no por mamá, sino por Ida.

Cuando mamá recoge la mesa, echo patatas fritas en un cuenco.

Mamá: Oh, ¿vamos a tener una velada de cine?

En realidad, yo quería subrayar una serie de claves acerca de las protagonistas y preparar a Ida con unas cuantas indicaciones y directrices, y luego ver la película en mi habitación, pero tenemos una velada de cine a tres en el salón. No es algo tan frecuente.

Los juegos del hambre.

Nos sentamos en el sofá, Ida, yo y mamá en el centro, y vemos cómo Primrose, Katniss y su madre se despiden antes de que Katniss parta a los juegos del hambre. Katniss le dice a su madre:

«No puedes volver a esconderte. No puedes. No como después de que muriese papá. Yo ya no voy a estar. Eres todo lo que tiene. Da igual cómo te sientas, esta vez tienes que estar ahí por ella, ¿entendido?».

Y esta situación es tan absurda... Las tres sentadas en el sofá, las tres mirando la pantalla y todas pensando lo mismo.

Mientras se suceden los títulos de crédito, las tres permanecemos sentadas en el sofá, sin decir nada.

Nadie dice una sola palabra durante toda la película.

Ida: Tilda, tú eres como Katniss.

Yo: Qué tontería.

Mamá: Sí, yo también lo he pensado todo el rato. Tú también eres una luchadora. Hasta se te parece. Esa mirada enfadada. El pelo castaño. Nadie se sorprendería si fueras por ahí con un arco y flechas. Te pega.

Ida: Y tú también irías voluntaria. Por mí.

Yo: Es una película, Ida, y tú también eres una luchadora.

Me entristece que Ida niegue con la cabeza.

Mamá: Si ella se presentara voluntaria, yo estaría a tu lado, Ida.

Esa frase es tan lamentable... Mamá es tan lamentable...

Yo: Pero no voy a presentarme voluntaria, precisamente porque solo era una película. Y todo este parloteo en condicional no nos lleva a ninguna parte, mamá.

Silencio.

Mamá: Voy a estar más a vuestro lado.

Yo: Parloteo de futuro tampoco, por favor.

Mamá: Voy a estar más a vuestro lado, lo prometo, descarada.

Ida: ¿Más aún?

Suelto una carcajada. Ida es la persona más divertida que conozco.

Mamá: Soy una madre muy mala.

Le paso el brazo por los hombros, e Ida apoya la cabeza en su regazo.

—Sí que lo eres, mamá —le digo, y le acaricio la espalda con movimientos circulares.

Luego vemos *Oh, boy*, nuestra película favorita. Me pregunto si en Berlín me sentiré tan ajena como Niko, aunque de todos modos me siento ajena en todas partes.

Por la noche me tumbo en mi colchón y pienso en cómo nos tumbábamos Marlene, Ivan y yo hace cinco años en la manta de pícnic, en el campo, la cabeza de Marlene en el vientre de Ivan, mi cabeza en el vientre de Marlene, y cómo los dos enamorados, o más bien Marlene, nos pintaba como tantas otras veces su futuro en el gran y ancho mundo.

Marlene: Voy a pasarme el día entero desnuda o en salto de cama, por las mañanas me fumaré un canuto, luego trabajaré en mi portafolio, quizá estudie un poquito de neerlandés, y por las noches conoceré gente guay en bares y clubes.

Marlene quería estudiar Diseño gráfico, pero no había sido aceptada en ninguna universidad, y a partir de octubre iba a hacer un curso de Portafolio en Ámsterdam. Su padre es dentista.

Marlene: *Sorry*, Ivan. Lo del salto de cama y todo eso me lo había imaginado antes de que decidiéramos que vinieras conmigo.

Después de la reválida, Ivan había hecho una formación en Mecánica de automóviles, desde entonces trabajaba en un taller y el año siguiente quería empezar estudios de Tecnología de la automoción en Aquisgrán. Nunca le pregunté por qué quería estudiar Tecnología de la automoción, pero de alguna forma estaba claro. Lo suyo eran los coches, se pasaba el día reparando a escondidas algún Golf o algún BMW de un amigo, y le gustaba conducir. Cuando viajábamos en el Fiat de Marlene siempre conducía él, y a Marlene y a mí nos gustaba, porque él conducía bien y Marlene muy mal. Cuando conocimos a Ivan, hacía más o menos un año que él y su familia vivían en el bloque. Su mudanza había sido toda una historia. Todos hablaban de que el genio tecnológico de su familia había comprado una casa, yo nunca había vuelto a ver a Viktor desde que dejó el colegio. Por aquel entonces vivía en Londres, decía Ivan. Ivan odiaba hablar de aquello y de su hermano. De alguna manera le resultaba incómodo, y cuando yo insistía, porque era extremadamente curiosa, en cómo había conseguido su hermano tanto dinero y qué había hecho en realidad después de salir del colegio, él se limitaba a encogerse de hombros. Sobre todo, Ivan quería salir de la ciudad y también de su casa. Con su trabajo en el taller y su otro trabajo de camello había ahorrado dinero para los estudios y para una casa. Acababa de dejar su empleo en el taller y en septiembre quería acompañar a Marlene a Ámsterdam y trabajar en el puerto hasta trasladarse a Aquisgrán en primavera.

Ivan: ¿De verdad quieres quedarte aquí, Tilda?

Yo empezaba a cansarme de responder a esa pregunta, así que simplemente dejé de hacerlo.

Ivan: ¿Te gusta estudiar?

Yo: Sí.

Me gustaba no tener que sentarme de la mañana a la noche en aquella insufrible caja de supermercado y que me exigieran un poquito otra vez. Y me gustaba la materia. Desde octavo, cuando fuimos a las charlas de orientación, sabía que quería estudiar Matemáticas. Recordaba las palabras de aquella cincuentona corpulenta de rizos rojizos:

—Si de verdad te interesa mucho una asignatura, te gusta y sacas notas muy buenas, te felicito. Estudia Matemáticas, ya encontrarás un trabajo después.

Marlene: Te voy a decir una cosa. Voy a sacarte de aquí en algún momento. No puedes quedarte en este lugar, amargándote hasta que Ida tenga dieciocho años. Tilda, tú también lo has conseguido sola.

Como si pudiera sacarme de aquí. A veces odiaba a Marlene. Su ignorancia. Yo no tenía una familia rica, intacta, que cenaba junta por las noches. Yo no tenía un padre dentista, no tenía ningún padre. Solo tenía una madre que se comportaba como una adolescente irresponsable, y una hermana pequeña de cinco años que solo tenía una madre que se comportaba como una adolescente irresponsable y a mí.

Me forcé a tragarme cualquier respuesta malintencionada. Me las tragué una tras otra. «¿Va a pagar tu padre un segundo curso de Portafolio, vivienda incluida?». Trago. «¿Me darán también a mí un Fiat 500? ¿Rojo, a ser posible?». Trago. «¿Puedo irme antes a Tailandia?». Trago. Y dije:

—No vas a sacarme de aquí. Si me voy, me iré sola.

Silencio.

Marlene: Idiota.

Ivan posó su mano encima de la mía, y me pregunté si había sido un gesto casual. A pesar del calor circundante, su mano estaba sorprendentemente fría. El pulgar me acarició suavemente el dorso. No era casualidad.

Después de este peculiar lunes, la semana transcurre relativamente bien. La fotocopiadora funciona tres de cada cuatro veces. Llueve tres días de cinco. La cena está puesta el martes, el miércoles, el jueves, el viernes y también el sábado: cien por cien. Mamá no bebe, o al menos parece despejada y estable. Ida no pinta monstruos. Viktor me saluda con la cabeza el miércoles y el jueves. Yo le devuelvo el saludo el jueves, y el viernes tenemos nuestra primera conversación normal, como las que mantienen las personas normales de nuestra edad. Pero ¿qué es normal?

El viernes no hacía tiempo de natación. Hacía tiempo de churro. Yo estaba apoyada en un churro y miraba pasar las nubes, recortadas en el cielo azul acero. Hacía un tiempo perfecto para el churro, porque había viento, y las nubes pasaban. El rostro de un oso panda, al que poco a poco le iba creciendo un cuerpo, y un águila que extendía cada vez más las alas en su vuelo. Cómo las dos nubes animales al principio aún jugaban con el sol, luego empezaban a acosarlo, a desplazarlo, iban a donde él quería, aunque en realidad el sol tenía pista libre, y al final los animales terminaron engullendo su amarilla bola de fuego. Mi pronóstico del tiempo a corto plazo, sobre cuándo y cuánto iba a dejarse ver el sol, también resultó erróneo el viernes. El viento, las nubes y el sol son sencillamente imprevisibles. Al final del juego con las nubes, mi cuerpo se apoyaba inmóvil de frío en el churro rosa, y el cielo estaba gris. Había perdido. Y en el momento en que el sol desapareció por completo, emergió Viktor. De pronto su cabeza estaba a mi lado, con sus ojos relucientes. Se agarró como yo a la corchera y me sonrió.

Viktor: ¿Qué, disfrutando del sol?

Su voz ronca.

Yo: Al menos ese era el plan.

Silencio.

Viktor: ¿Te apoyas en el churro siempre que no hace sol?

Lo miro. Ya no sonríe. Una mirada interrogativa, con el ceño fruncido. Cierro los ojos y, como parece interesarle de veras, lo intento:

—Lo hago por esos momentos en que el sol se deja ver.

Silencio.

Viktor: ¿Se disfruta más del sol cuando se está acostumbrado a las frías nubes?

Me quedo pensando en su pregunta.

Yo: No lo sé. Pasar frío es una mierda. Siempre. Pero a veces cuando el sol se asoma y brilla solo un momento, es tan fuerte que sientes cómo evapora las gotas de agua fría de la piel y te saca del cuerpo el frío de las nubes grises.

Él asiente.

Prosigo: Desconecto por completo, ¿sabes? Solo está mi cuerpo, apoyado en el churro, y las nubes, que son distintas cada vez, y el sol, que te enseña una y otra vez lo fuerte y cálido que es, y el viento, que un día está de parte del sol, y al siguiente se alía con las nubes. Viento, nubes, sol, frío y calor. En realidad, es muy fácil.

Él vuelve a asentir, como si lo que acabo de decir fuera completamente lógico y sensato.

Viktor: ¿Cómo te llamas?

Sé que me conoce, y él sabe que yo lo conozco. Pero quizá ha olvidado mi nombre.

Yo: Tilda, ¿y tú?

Me tiende la mano:

—Viktor.

—¿Con «K» o con «C»? —pregunto, para que vea que no he pensado en él ni una vez.

Viktor: Con K.

—Bien —digo, le estrecho la mano y miro directamente sus ojos azul gélido. Su mano es fuerte y emana calor, aunque esté fría y mojada.

Viktor: ¿Qué es esa cicatriz que tienes debajo del ojo?

¿Qué clase de pregunta inadecuada es esa?

—Un accidente con la bici —miento.

Entonces me mira los labios, como hace a veces la gente que quiere besarte. En realidad, odio esa mirada. Odio esa mirada.

Viktor: Tienes los labios azules. El sol ya no va a aparecer hoy. Deberías salir antes de enfriarte. Hasta luego.

Antes de que pueda contestar nada, su cabeza desaparece bajo el agua y bucea hasta el borde de la piscina, apoya los brazos y se impulsa fuera, se ducha brevemente y entra en los vestuarios. Un minuto después sale, vestido con unos pantalones de deporte Nike de color vino tinto, una camiseta blanca suelta y chanclas. Ve que lo estoy mirando, sonríe divertido, levanta la mano a modo de despedida y se marcha por la puerta. Yo me quedo apoyada en el churro, y no quiero moverme. Tengo el cuerpo entumecido. Viktor con K.

El domingo llama Leon.

Leon: Voy a llevar pizzas. ¿De qué las queréis?

Yo: Trae una pizza familiar.

Leon: Nooo. Odio compartir.

Yo: Creía que estabas en un colectivo.

Leon: El compartir termina con el comer.

Yo: ¿No es cuando debería empezar?

Leon: Eres una gata salvaje.

Yo: Hawái y Funghi.

Leon: ¿Y Andrea?

Miro a mamá: Leon va a traer pizzas, ¿quieres tú también?

Ella reflexiona. En realidad, evita el contacto con otras personas que no seamos nosotras o sus hombres; Ida y yo nunca recibimos visitas, pero Leon es otra cosa. Antes, Marlene había venido a mi casa un par de veces, cuando ya estaba Ida y no podía ni quería salir tanto con ella. Leon iba a menudo a recogerla por las noches con el coche, y pasaba un momento. Pero, cuando Marlene se adentró cada vez más en su fase respondona, provocó a mi madre y una noche la calificó de «alcohólica egocéntrica que no se preocupa de sus hijas». Mamá la echó con un expeditivo «¡Fuera!». Huimos a casa de Marlene, y cuando volví por la noche ya oí gritar a Ida desde el pasillo; estaba en el salón, chillando dentro del corralito como si la estuvieran despellejando. Todavía recuerdo que la cogí en brazos, abrí la puerta de la cocina y me llevé un shock: mamá estaba sentada en medio de un mar de sangre, esquirlas y vodka. Tenía los brazos y las manos llenas de cortes, torpemente envueltas en papel de cocina. «Me he resbalado», murmuró. Yo le tapé los ojos a Ida, volví a dejarla en el parque, llamé a urgencias, senté a mamá en una silla, examiné sus heridas, que por suerte no eran demasiado profundas, y saqué las esquirlas de cristal de su piel. De hecho, parecía haberse caído y haberse apoyado en las manos y los brazos. En un primer momento pensé algo distinto, cuando la vi sentada con las muñecas sangrando. Sirenas. Llegó el médico. «No es para tanto», dijo. Yo pensé que era bastante para tanto, pero no dije nada. «Pronto os devolveré a vuestra mamá», dijo, y yo asentí. Se llevó a mamá al hospital, y yo me quedé con Ida, que estaba inmóvil, sentada en el parque, y me miraba. Sus ojos de niña pequeña parecían interpelarme, yo me encogí de hombros, fui a la cocina, eliminé todo aquel caos y decidí que Marlene ya no podía volver.

Al cabo de unos años, cuando empezaba a verme con Leon esporádicamente, siempre que venía de visita desde Berlín, a veces me acompañaba hasta la puerta de casa, y un día mamá lo llamó desde la ventana, mientras nos estábamos besando en el portal:

—Leon..., qué bien. Quédate a comer.

Pedimos pizza; Leon estuvo tan encantador como siempre, y mamá parecía enamorada de él. Casi más que yo. Desde entonces, siempre que venía a la ciudad adoptó la norma de reservarse un día para tomar pizza con nosotras, y a Ida y a mí nos gustaba porque mamá siempre se contenía.

Mamá: 4 Estaciones.

Mamá quería a Leon ya antes del ritual de la pizza, desde que le dio una paliza a mi compañero de clase Kai Balling por decir que mi padre se había buscado una familia nueva porque yo apestaba. En aquella época, mamá no era capaz de lavar mi ropa ni me animaba a ducharme. Naturalmente, más tarde yo me hice cargo de ambas cosas. Acababa de llegar al instituto, y cuando oí la frase «Tilda Schmitt y Leon Höfer, por favor, acudan al despacho del director», y allí me encontré a Kai Balling con un ojo morado e hinchado, sangrando por la nariz, y Leon entró en el despacho con una mano vendada, experimenté uno de los momentos más felices de mi vida escolar. Por supuesto, durante la comida mamá siempre cuenta la historia con Kai Balling. En algún momento me reclino en el asiento y los observo a ambos, mientras ella le hace preguntas acerca de Berlín, de su arte, que él responde con todo detalle. Leon tiene mucho tacto y sabe que no puede preguntarle a mamá cosas tan normales como «¿qué tal en el trabajo?», «¿qué planes tienes para las vacaciones?», «¿cómo estás?», etcétera. Pero ella habla de sí misma sin que le pregunten, dice que está bien y que está pensando en buscar trabajo en un café, pues antes, de joven, había trabajado a menudo en la hostelería. En realidad, mamá no ha trabajado nunca. Poco antes de terminar el máster se quedó embarazada e interrumpió sus estudios de Literatura. Se mudó con mi padre de la gran ciudad a esta ciudad pequeña, porque la casa de mi tía abuela había quedado libre, y desde entonces pasó la mayor parte del tiempo en casa, mientras mi padre, que en aquella época cursaba el doctorado en el seminario de Germanística, iba y venía entre la ciudad y la pequeña ciudad. Durante un tiempo, más o menos un año después de que mi padre nos abandonara, ayudó en la librería Klara. Le gustaba el trabajo, pero como se presentaba borracha, o directamente no se presentaba, la despidieron. Desde entonces vivimos de la pensión alimenticia de mi padre, del subsidio familiar y de mi sueldo. Ida y yo nos miramos, y me doy cuenta de que aquel diálogo la sorprende tanto como a mí. Intercambiamos una sonrisa, divertidas.

Finalmente decido intervenir, porque todo empieza a resultarme poco sincero y grotesco.

Yo: Ida, Leon quiere ver tus dibujos. ¿Te parece bien?

Ida se encoge de hombros.

Me levanto: ¿Vienes?

Ida dice que no con la cabeza.

Ahora Leon está frente al tablero de dibujos de Ida y los examina atentamente; se acerca, retrocede tres pasos, enciende y apaga la luz y dice: «Me gustan sus dibujos. Tiene talento y, sobre todo, imaginación»; su comentario me encanta. Me pongo a su lado, se vuelve hacia mí, me mira a los ojos. Hay una pregunta en su rostro, pero yo no sé cuál. Sé cuál, pero no tengo la respuesta. Me pone la mano en la mejilla. Con mucha suavidad. Con mucha suavidad, me acaricia la mejilla con las puntas de los dedos. En realidad, yo debería retroceder, pero no puedo, porque quiero sentirlo un momento. Un momento. Lo miro y me pregunto si querrá besarme una vez más, como tantas veces hizo antaño. Me pregunto si quiero poner mi mano sobre la suya o en su mejilla. Me pregunto por qué su mano huele tan bien. Aguarrás, pintura, Nivea y algo más. Antes olía de otro modo. Su mano huele a aguarrás, pintura, Nivea y verano. Me pregunto si el aguarrás me nubla el entendimiento, y me pregunto por qué aparta la mano de mi mejilla, mueve la cabeza y retrocede un paso.

Leon: Te toca a ti.

Yo: ¿Qué quieres decir?

Leon: No voy a dar siempre el primer paso.

Yo: Ves demasiadas series.

Me sonríe y mueve la cabeza.

¿Desde cuándo mueve tanto la cabeza?

Yo: ¿Desde cuándo mueves tanto la cabeza?

Leon: Siempre había pensado que era porque no sabes lo que quieres. Pero ahora creo que sabes exactamente lo que quieres y lo que no.

Yo: Leon.

Me abraza y se va sin decir nada. Y yo me quedo allí, y quiero correr detrás de él, retenerlo, obligarle a volver a ponerme la mano en la mejilla como antes. Pero me quedo allí. Muda y rígida. Me quedo muda y rígida allí y saboreo la sal de las lágrimas que corren por mis mejillas y lavan el olor a aguarrás, pintura, Nivea y verano. Siento que esta despedida es muy distinta de las otras muchas pequeñas despedidas por las que ya hemos pasado juntos cuando regresaba a Berlín. Lo nuestro empezó casi con su despedida, cuando ya no vivía aquí. En otoño, cuando Marlene acababa de volar a Tailandia, una tarde llamó lamentándose de que sus desleales padres se habían ido a una boda, aunque sabían de su importante visita, y ahora él tenía miedo, solo en la gran casa de sus padres, y me preguntaba si me apetecía pasarme por su casa a cuidar de él. Me apetecía. Los primeros encuentros fueron en verdad los más excitantes, porque había esa tensión en el aire y estaba segura de estar enamorada de él. Me ponía nerviosa que me mirase siempre de forma tan intensa. La última noche antes de volver a irse, nos acostamos juntos. Desde entonces, se despedía de forma consecuente con su sonrisa de hoyuelos y con estas palabras: «Hasta la próxima». Incluso cuando me había distanciado un poquito de él, seguía diciendo: «Hasta la próxima», con un pequeño signo de interrogación detrás.

Esta vez no hay ningún «hasta la próxima», ni siquiera con un pequeño signo de interrogación detrás. Suena definitivo, y yo entiendo de despedidas. Soy una verdadera profesional de las despedidas. Como una madre cuyos hijos salen uno tras otro al ancho mundo y se hacen adultos y, cuando es abuela, ya no sabe decir en qué ciudad viven sus distintos nietos. En sentido estricto, el primero en irse fue mi padre, y luego Leon, aunque, como he dicho, no fue tan malo como esta vez. Luego Marlene se marchó a Tailandia después de la reválida, y muchos otros de nuestro curso también se colgaron una mochila y huyeron a Australia o a Canadá. Otros se fueron enseguida a estudiar fuera. Algunos se quedaron aquí, pero nadie con quien yo tuviera amistad. Al cabo de un año, Marlene volvió. Luego se fue Ivan. Y Marlene se fue sin él a Ámsterdam, mientras yo me quedaba todo el tiempo aquí. Me quedé todo el tiempo aquí, seis años enteros después de la reválida, y mientras mis amigos se marchaban, se mudaban y viajaban y un amigo moría, yo estuve aquí seis años, trabajé, estudié, crie a Ida y me alegré cuando Marlene o Leon venían de visita. Como una abuela.

Ida: ¿Por qué lloras, Tilda?

Ida está delante de mí y me coge la mano. Sigo en su habitación.

Yo: No lloro.

Bajo la vista hacia Ida, y ella me mira a su vez; lleva puesta su sudadera Nike con capucha de color lila pastel, y no sabe qué decir. Abre y cierra la boca, y tiene esa arruguita entre las cejas que siempre se le forma cuando está pensando.

Ida: Yo tampoco lloro.

Y es en momentos como ese cuando comprendo que no me arrepiento de nada y no quiero cambiarme por nadie. Me río a carcajadas, e Ida sonríe porque se alegra de que ya no llore, aunque sigo llorando, pero también me río a carcajadas, porque tengo a Ida e Ida me tiene a mí.

Poco a poco, me atrevo a relajarme un poquito. Hace trece días que no bebe, y la mesa está puesta para la cena todas las noches. Cada tarde vuelvo casi corriendo a casa, porque tengo curiosidad por saber si la mesa está puesta y tengo miedo de que no lo esté. Y todas las noches, cuando veo en la mesa el cuenquito con rosas de rábano, que en realidad no nos gustan, pero quedan bien, respiro aliviada y siento en el vientre algo parecido a la felicidad, me meto una rosa amarga en la boca y miro de reojo la bolsa de yute en la que pone «Librería Klara» que cuelga de la puerta, y en cuyo interior solo hay un tarro vacío de Nutella. A menudo hay etapas en las que las cosas van mejor, pero no así, mamá nunca está tan activa durante tanto tiempo, y me prohíbo imaginarme cómo terminará esta fase. En las etapas buenas, cuando bebe menos, se sienta con nosotras por la tarde y le pregunta a Ida qué tal le ha ido en el colegio, pero el conmutador no tarda en cambiar. Naturalmente, sé que tengo que estar alerta, que no puede mantener mucho tiempo este nivel de actividad y que no somos una familia de las que cenan juntas, pero me permito soñar un poquito. Por las noches mamá nos cuenta lo que ha hecho, que ha estado en la oficina de empleo, que ha ido a hacer la compra, que ha tenido una entrevista de trabajo en un café, que ha tenido una entrevista de trabajo en un restaurante, que ha estado despejando el armario de su ropa. Y nos hace preguntas a Ida y a mí. Las primeras preguntas las respondemos de manera escueta, sí, no, bien. Pero Ida se anima. Ayer nos habló de su última clase de deporte de cuarto, en la que su compañera Nadine cogió carrerilla para saltar el potro como un toro furioso, con resoplido de ollares y estrépito de cascos, galopó hacia el potro con desproporcionado dinamismo y, al final, lo embistió en vez de saltar por encima. El potro se cayó con ella, y los niños y el profesor se quedaron tan perplejos con la enérgica embestida y la furia de la caída que nadie se rio. Al final de la clase Nadine agarró a Karlo, que al final se había animado a reírse, y le dio un puñetazo en la tripa. Esta Nadine es muy fuerte. En todos los sentidos. Tanto que mamá y yo casi no nos hemos atrevido a reírnos.

Por las tardes, me acuesto y, cada día, me permito pintarme un poquito más un futuro en Berlín.

El cielo es de un violeta oscuro cuando salimos de casa a la mañana siguiente. Hace bochorno, y muy probablemente habrá tormenta a lo largo de la jornada. Como es el último día de Ida en primaria, me pregunto si los padres tienen que decirles algo especial a sus hijos, algo para desearles suerte, felicitarlos o resumir, pero no logro acordarme de nada, y tampoco se me ocurre nada adecuado.

Yo: ¿Te apetece ir al nuevo colegio?

Ida se encoge de hombros, mientras se balancea, aparentemente concentrada, en el bordillo de la acera. En algún momento vuelve a caminar junto a mí.

Ida: ¿Tilda?

Tilda: ¿Hummm?

Ida: ¿Estás enamorada de Leon?

Tilda: No, creo que no. ¿Y tú?

Ida ríe entre dientes: No.

Tilda: ¿Ida?

Ida: ¿Hum?

Yo: Leon ha estado viendo tus dibujos, y dice que tienes talento e imaginación.

Ella mira fijamente al suelo.

Yo: Sigue dibujando. Es guay que hayas encontrado una manera de expresarte, y todo lo de mamá, ya sabes a lo que me refiero...

Ida asiente.

Yo: Lo conseguiremos.

A Ida no parece gustarle la conversación, así que pasa corriendo por delante de mí, y vuelve a balancearse en el bordillo.

Ida: Érase una vez una guerrera valerosa. Su nombre era Tilda. Era muy fuerte y bella. Muchos príncipes y caballeros querían conquistar el corazón de Tilda. También el príncipe Leon. Pero Tilda creía que no estaba enamorada de él. Entonces apareció en el reino un marino solitario. Como de la nada. Nadie sabía de dónde venía. Nadie sabía lo que quería. Pero tenía unos ojos muy tristes. A Tilda los ojos del marino le parecían...

Ya basta. ¿Cuándo se ha inventado eso esta payasa? La adelanto.

Yo: ... demasiado tristes, y estaba cansada de luchar con todos los monstruos de ahí fuera. Por eso, decidió ignorar al marino y volver la espalda a los hombres y entregarse a su gran amor, las matemáticas.

Ida me adelanta.

Ida: Pero, siempre que iba a nadar en el mar por las tardes, allí estaba también el marino. Sabía nadar incluso mejor que la guerrera Tilda. Y la guerrera Tilda siempre se quedaba mirándolo nadar.

Menuda diablilla está hecha. La adelanto.

Yo: Un día el marino desapareció tal como había venido, de repente. Tilda se convirtió en matemática, y su pequeña e insignificante esclava doméstica se convirtió en artista. Las dos se construyeron una cabaña junto al mar y pintaban, calculaban y se bañaban todo el día. Y fueron felices...

Ida me adelanta.

Ida: ... y aún siguen pintando y calculando. Y por las noches Tilda sueña con los ojos tristes del marino.

Nos detenemos delante del colegio. Ha ganado. Merecidamente.

Yo: Si a las cinco hay tormenta, iremos a la piscina. Si a las cinco aún no ha habido tormenta y sigue haciendo el mismo bochorno, lo dejamos, ¿vale?

Ida: Vale.

Va hacia la entrada, se vuelve y se despide con una sonrisa descarada, que me hace feliz. La pequeña Ida.

A las cinco sigue sin haber tormenta, así que me quedo en la biblioteca un poquito más.

Entretanto, el cielo se ha puesto casi negro, se oyen truenos a lo lejos y sopla un viento funesto. En realidad, yo quería esperar a que pasara la tormenta, pero, cuando veo que a las siete sigue en los prolegómenos, recojo mis cosas. Y, como no podía ser de otro modo, en cuanto salgo del edificio empiezan a caer gotas. Truena con tal fuerza que el suelo tiembla. Al cabo de un segundo: un relámpago demasiado largo viene peligrosamente hacia mí. Mierda. Corro a la parada, que está a solo tres minutos de distancia, mientras el cielo se rompe y se viene abajo. Rayos, truenos, chaparrones, granizo, tormenta, y en el tranvía mi cuerpo empieza a temblar sin control. La tormenta ha pasado, hace un frío de mierda y chispea cuando bajo del vehículo. El tiempo ha cambiado. Corro a casa y no logro abrir la mierda de portal porque tengo los dedos fríos e insensibles. Llamo, pero nadie abre. Cuando por fin consigo abrir, tengo el mismo problema con la puerta de casa y, cuando por fin estoy dentro, cierro de un portazo y me libro enseguida de la ropa fría y empapada. Saco la toalla de la mochila, me envuelvo en ella, y me recorre un escalofrío cuando no veo la mesa puesta en la cocina. No hay ningún cuenquito con rosas de rábano después de catorce días de rosas de rábano. El decimoquinto, la mesa no está puesta.

Yo: ¡Ida!

No hay respuesta.

Yo: ¡Mamá!

No hay respuesta.

En el salón, mamá yace medio tumbada en el sofá como un caballo dormido o un monstruo al que acaban de matar, y no reacciona cuando le pregunto dónde está Ida. Mierda. Mierda. Mierda. Subo corriendo. La puerta de Ida está abierta, y ella no está.

—¿Qué ha pasado? —grito, mientras corro hacia el monstruo.

Sacudo al monstruo, pero se limita a gruñir.

Yo: ¿QUÉ HA PASADO?

Monstruo: Se ha largado. No quería hacer bizcochos con mamá.

Yo: ¿Adónde?

Monstruo: Ni idea. No habla, esa cosa pequeña. Solo pinta. Todo el tiempo. Siempre pintando, pintando, pintando.

Puro odio. Me gustaría matar al monstruo.

En la calle, me doy cuenta de que solo voy vestida con la toalla y las chanclas, vuelvo, me pongo la camiseta del conejito y corro a la piscina. Ya han cerrado. Mierda. El Golf del socorrista y el Clase G de Viktor siguen allí.

Estoy tan desesperada que me pongo al lado de su coche y me quedo a esperarlo. En cuanto me ve, se detiene, confuso, pero enseguida recupera la mirada impenetrable y sigue avanzando. Cuando está justo frente a mí y me mira, su rostro tiene una expresión distinta de la habitual. Bajo la arruga iracunda, que ahora apenas se aprecia, sus ojos brillan de preocupación, y traslucen cierto temor.

Viktor: Tilda, ¿qué ha pasado?

Yo: Ida se ha ido.

No puedo contener las lágrimas.

Yo: Se ha largado, y no tengo ni idea de adónde habrá ido. Nunca se había ido antes. Y hace tanto frío, y llueve, y es una niña pequeña. Y está oscureciendo. Y...

Viktor: Tranquila. ¿No puede haber ido a casa de una amiga?

Yo: No tiene verdaderas amigas.

Viktor: ¿Parientes?

Yo: No tenemos parientes.

Viktor: ¿Adónde sueles ir con ella?

Yo: A la piscina.

Viktor: ¿Y adónde más?

Yo: Ni idea. Por las mañanas la llevo al colegio, y por las tardes, cuando llueve, vamos a la piscina.

Viktor: ¿Y cuando no llueve?

Yo: A veces vamos al bosque.

Viktor: ¿A un lugar concreto del bosque?

Yo: Al claro que hay junto al arroyo.

Viktor: Entonces vayamos.

Me siento mal, enferma de miedo, y tiemblo violentamente.

Cuando nos sumergimos con su coche en el bosque en penumbra, me dan ganas de vomitar solo de imaginarme que Ida puede estar sola allí, en alguna parte. El coche recorre lentamente el empinado sendero que discurre a lo largo del arroyo, y se me acelera el pulso.

Cuando el claro aparece poco a poco a la luz de los faros, y veo nuestro banco y a Ida sentada en él, sollozo de alivio, salto del coche, corro hacia ella y la estrecho entre mis brazos. Mientras la estoy abrazando, siento de una forma completamente física cómo un meteorito se precipita desde mi corazón. Espero con los ojos cerrados el impacto contra el suelo, pero no llega, miro al cielo y me parece distinguir un cuerpo sólido que sale disparado en dirección a su morada en el cosmos. Y de pronto todo parece fácil y hermoso, aunque desde luego no lo es.

Ida: Sabía que vendrías.

Yo: Venir de noche al bosque es una tontería, Ida.

Ida: Tú lo haces a menudo.

Yo: ¿Qué ha pasado?

Ida empieza a llorar bajito, y yo me estremezco, porque, de hecho, Ida no llora nunca. En algún momento tomó la decisión de no volver a llorar. Pero ahora parece haber anulado esa decisión, y al anularla está liberando todas las lágrimas acumuladas en los últimos años. Esta segunda tormenta tarda trece minutos en amainar. Y, a continuación, Ida se pasa dos minutos hipando entre mis brazos, hasta que por fin su respiración se serena del todo.

Ida: El marino ha sido muy simpático al traerte aquí.

Él está apoyado en su coche con los brazos cruzados y nos mira.

Yo: Sí, un simpático marino. Mejor no abusar de su bondad. Ven, tienes que tomar un baño caliente enseguida. Estás empapada y helada.

Una vez en el coche, observo que Ida tiene una mejilla amoratada, y en ese momento desearía exterminar literalmente al monstruo. Por eso se fue al bosque y no a la piscina. En el bosque no hay gente.

Viktor pasa por delante de nuestra casa y nos mira a mí y a Ida por el retrovisor.

Viktor: Esta noche podéis dormir en mi casa.

Asiento.

Ida está tan agotada que se ha quedado dormida en el coche, con la cabeza apoyada en mi regazo. Siento que el sueño también se quiere apoderar de mí.

Viktor: ¿Tilda?

Yo: ¿Hummm?

Viktor: ¿Qué hacéis normalmente cuando vais al claro?

Yo: Nos sentamos en el banco e Ida dibuja.

Viktor: ¿Y tú?

Yo: Yo calculo, o leo.

Viktor asiente.

Ida y yo solemos escaparnos al claro cuando mamá se sienta a la mesa con ese fuego en los ojos y el tiempo es demasiado bueno para ir a la piscina. Entonces mamá entra en la cocina y nos dice cosas como «bueno, qué trabajadoras», o «bueno, mis niñas», siempre con ese necio «bueno», alargando la «e». Ida y yo olemos, vemos y oímos enseguida que ha bebido. Que ha bebido mucho. Entonces se sienta con nosotras y, por regla general, propone una actividad que podríamos hacer las tres. Cocinar, hacer un bizcocho o salir a tomar un helado.

Mamá: ¿Hacemos algo? Podríamos ir a la heladería.

Mamá nunca ha ido con nosotras a la heladería. Y tampoco quiere ir con nosotras a una heladería. Ida y yo sabemos que no quiere ir con nosotras a una heladería, sabemos que en ese momento es el lobo feroz y no la abuelita, vemos sus ojos agrandados, y sobre todo el fuego que arde en ellos, y sabemos que quiere destruir algo. Ida y yo sabemos que solo está buscando un trampolín para un enfrentamiento, que antes de que salgamos hacia la heladería no encontrará una prenda de vestir que dirá que le hemos robado y tenemos que devolverle enseguida, o que al cocinar le faltará un ingrediente importante que deberíamos tener en casa como cualquier familia normal. ¿Por qué demonios no tenemos nata? Y entonces descarrila. Por eso, cuando se sienta a la mesa con nosotras con ese fuego en los ojos y el tiempo es demasiado bueno para ir a la piscina, cogemos nuestras cosas y nos vamos al bosque, a nuestro claro.

Aparto los rizos empapados del rostro de la pequeña y contemplo a Ida dormir con su mejilla amoratada. Las Chucks blancas de imitación, ahora marrones, los *leggins* de rayas fucsias manchados de barro y mi chándal con capucha verde neón, que le queda demasiado grande. Me arden los ojos. No puedo dejar a mi pequeña estrella del rock sola con ese monstruo. ¿Qué le habría pasado hoy a Ida si yo no hubiera estado? ¿También se habría ido corriendo al bosque? ¿Cuánto tiempo se habría quedado en ese claro húmedo y sombrío? ¿Habría pasado la noche allí? ¿O la habría recogido alguien? Me siento mal. Esto no puede seguir así, da igual que me vaya o que me quede. Tengo que prepararla mejor para situaciones como esta. Y para eso no bastan unas pocas películas.

Pasamos por delante del muro de protección sonora que limita por uno de sus lados la zona de nueva construcción, y, cuando doblamos desde la circunvalación hacia la zona residencial, me pongo nerviosa. Antes, Marlene y yo teníamos envidia de los niños que vivían allí, porque había unos parques muy guais y vivían muchos niños que no paraban de jugar en esos parques y calles. Allí solo vivían familias felices, pensaba yo siempre. Ahora la urbanización ya no parece tan feliz. Los blancos adosados están grises, los parques nuevos son más viejos, también los jóvenes padres se han vuelto grises e infelices, los niños de entonces, como nosotras, ya no son niños, y se han mudado a cualquier ciudad. Quizá algunos de aquellos niños ya tengan sus propios niños. Y los nuevos niños, los que ahora viven aquí, no serán niños durante mucho tiempo y pronto se volverán grises e infelices. Y dentro de veinte años las casas todavía serán más grises y los parques estarán aún más viejos y rotos. Quizá incluso estén vallados y tengan un cartel que ponga «Prohibido el paso» o «Son responsabilidad de los padres los actos de sus hijos». Los hijos son responsables de sus padres, pienso. Estamos delante del adosado, antaño blanco, actualmente gris, que parece igual a todos los demás. Número 9. No, parece distinto. Vacío. Triste. Nunca he estado en esa casa, solo en una ocasión, cuando aún parecía igual que las otras, estuve enfrente. Junto al timbre sigue habiendo un letrero que pone «Familia Volkov».

Me da miedo su interior, el vacío y la tristeza que encierra. En la pared del vestíbulo hay fotos de sus padres y hermanos. Ivan, Sasha y Nika. Con veintiuno, catorce y nueve. Al ver el rostro sonriente de Ivan me siento mal. Cuando se reía, todo su rostro resplandecía, y el hielo de sus ojos se fundía. Nunca he hablado con Ida del accidente, y creo que no sabe nada. Probablemente siente que algo es distinto aquí, que aquí no vive ninguna familia, pero no hace preguntas. Aquí no huele a comida, no hay zapatos de distintos números u otros trastos tirados por ahí, no hay ruido. Aquí huele a bosque, a otoño. Parece como si lo tuvieran ventilándose todo el día. Todo está limpio, ordenado, frío, silencioso. En el salón hay unos cuantos DVD, libros y fotos tirados por ahí o en la estantería que hay junto a la mesa del televisor, pero parece que se han llevado muchas cosas. Viktor está raro desde que hemos entrado en su casa. Aún más raro que de costumbre. Él siempre se muestra extraño y distante, pero ahora su distancia ha alcanzado nuevas cotas. Evita todo contacto visual, y está inquieto.

Viktor: ¿Está bien el sofá para dormir? ¿O mejor mi colchón?

Me pregunto si los dormitorios de sus padres y hermanos ya han sido vaciados o están intactos, y me inclino por la segunda opción.

Yo: El sofá está bien, gracias.

Viktor: Voy a dejar en el sofá ropa de cama y esas cosas, el baño está arriba, a la derecha, las toallas están en el armario, debajo del lavabo. En la cocina hay comida. Servíos vosotras mismas.

Viktor desparece escaleras arriba, subiendo siempre tres peldaños de una vez, y, cuando ya está arriba, Ida sube tras él y va al baño. Yo me siento en el sofá y me quedo allí sentada, sin más. Me paso unos minutos mirando la pared blanca que tengo enfrente, hasta que veo a Viktor que baja la escalera con un montón de ropa de cama y me la entrega. Su mirada dice «perdona», yo quiero decir «no pasa nada» y espero que mi mirada diga «no pasa nada».

Viktor: Tengo que trabajar un poco. Hay comida en la cocina.

Yo: No pasa nada.

Él dice «buenas noches», yo digo «buenas noches», se vuelve, y lo observo mientras sube lentamente la escalera, esta vez peldaño a peldaño.

—Gracias —digo, él se detiene un momento, no se vuelve, dice «perdona» en voz baja y se va.

Le ha dado a Ida un pijama de Nika con bambis estampados, y a mí una camiseta blanca y el pantalón de *jogging* Nike color vino tinto que lleva a menudo a la piscina. Ida baja la escalera envuelta en una toalla, se pone el pijama sin decir palabra, se tumba, se envuelve en la manta y cierra los ojos. No quiere hablar, la escucho respirar y cuando, al cabo de una hora larga, se ha dormido por fin, voy a ducharme. Durante lo que me parece una eternidad, dejo caer alternativamente sobre mi cuerpo agua caliente y fría, termino la sesión con agua helada, me pongo la ropa de deporte de Viktor, me tumbo de espaldas junto a Ida en el sofá y me quedo mirando el techo. Vaya día de mierda. Pienso en el verano, en el pegajoso verano de hace cinco años. En aquel último día en que el pegajoso verano terminó de pronto. El último día de Ivan. El 8 de agosto. Fue un día caliente, bochornoso. Marlene e Ivan habían venido a buscarme al trabajo, como tantas veces, y habíamos ido al lago.

Todavía recuerdo que Ivan nos contó, en el lago, que al día siguiente iba a irse a Rusia una semana con su familia, a visitar a unos parientes. En verdad no quería ir, pero sí quería ir, porque su madre estaba muy triste a causa de que no quisiera ir. Marlene y yo nos reíamos de que todavía fuera de vacaciones con su familia. Pero no lo decíamos con mala intención. En realidad nos parecía bonito, y sentíamos un poquito de envidia. Marlene se lleva mal con sus padres desde que tenía catorce o quince años, incluso ha ido a ver a una terapeuta. Cuando le dijo que dibujara a todos los miembros de su familia en forma de animales, dibujó a su padre con cuerpo de rata y a su madre de oveja. La última vez que fue de vacaciones con ellos tenía quince años; yo tenía siete la última vez que estuve realmente de vacaciones. Con mamá y papá en el sur de Francia. Fue estupendo. Luego estuve un par de veces con Marlene en el mar del Norte, cuando fui a visitarla a Ámsterdam. «En algún momento iré con Ida de vacaciones y le enseñaré el mar», me prometí aquel día de agosto mientras estábamos tumbadas junto al mar, mirando el cielo.

Cierro los ojos e imagino con fuerza que no estoy tumbada en el sofá de esa casa vacía y triste en la que Ivan vivió un día, sino en el prado junto al mar, e Ivan está tumbado a mi lado, y al lado de Ivan está tumbada Marlene. No estoy mirando la oscuridad del triste salón, sino el cielo cubierto de gruesas nubes de tormenta.

Yo: En algún momento iré con Ida de vacaciones y le enseñaré el mar. Cuando sea lo bastante mayor.

Marlene: E Ivan y yo iremos con vosotras, ¿vale?

Yo: Vale.

Ivan: Podemos coger la caravana de nuestra familia e ir por Eslovenia hacia Croacia, por Liubliana, a Piran, junto al mar, y luego a lo largo de la costa hacia Croacia. Pula, Medulin, Rijeka.

Marlene y yo asentimos, aunque Ivan no puede verlo, porque todos estamos tumbados boca arriba mirando el cielo, las espectaculares nubes de tormenta. Ivan está tumbado en medio, yo a la izquierda, Marlene a su derecha. Vuelvo la cabeza hacia la derecha, hacia Ivan, que tiene la cabeza inclinada hacia el costado izquierdo. Nos sonreímos.

Marlene: Prométselo.

Ivan: ¿Qué?

Marlene: Que Ida, Tilda, tú y yo iremos a Eslovenia y Croacia en la caravana de tu familia.

Y, mientras Ivan y yo seguimos mirándonos, él lo promete.

Marlene rueda hacia él.

Marlene: ¡Eh! ¡Aquí no se permiten coqueteos!

Vuelve hacia ella el rostro de Ivan con ambas manos y lo cubre de besos.

Estuvimos tumbados junto al mar hasta bien entrada la tarde, y entonces Marlene quiso ir a toda costa a esa fiesta de la Alte Wache en la que pinchaba uno de sus DJ favoritos. Ivan quería irse a casa, porque la familia salía de viaje a las seis de la mañana del día siguiente, y yo quería irme a casa porque estaba cansada y al día siguiente tenía que trabajar. Naturalmente, Ivan y yo no tuvimos ninguna oportunidad. Tan solo pudimos negociar un «pero solo un rato», fuimos rápidamente al McDonald's y nos pasamos un momento por la Alte Wache. Y luego, en parte, la cinta se rompe. Todavía recuerdo que Marlene estaba empeñada en meterse algo, porque si no, no podía sentir de veras la música. Pero Ivan no llevaba nada encima, y en realidad solo íbamos a pasarnos un momento. Marlene lo quería a toda costa, Ivan conocía a alguien. Marlene insistió en que nos sumáramos a la fiesta. Nos sumamos. Y luego todo se vuelve chillón, ruidoso y grotesco, y tuve un viaje de mierda del que apenas me puedo acordar. Ya no sé lo que tomamos, creo que LSD. Solo puedo recordar una sensación difusa y algunas imágenes sueltas, que siguen permaneciendo terriblemente vivas. Al principio aún tenía esa sensación cálida y reconocible de felicidad. Pero, en vez de expandirse, se dio la vuelta. Cierro los ojos y vuelvo a estar en aquel club asfixiante al que hacía cinco años que no iba y al que no voy a volver jamás. La luz negra, los juegos de láser, el bajo, el ritmo. El ritmo, que realmente se me mete en la sangre, que dicta el compás de mi corazón, Marlene y yo a mi lado. Soy una con el todo, aunque el todo es demasiado. El bajo no sale de la instalación, sino de mí. El ritmo se acelera, y mi corazón se acelera. Guay. El ritmo se acelera, y mi corazón se acelera. Pánico. ¿Qué pasa si el ritmo se acelera cada vez más? ¿O si se detiene? ¿Parada cardiaca? La música no debe parar. De lo contrario, Ida se quedará sola. ¿Quién va a llevarla a la guardería si mi corazón deja de latir? Tengo que quedarme aquí si quiero sobrevivir. Tengo que seguir bailando. Dejar que el ritmo siga en mi sangre. Pero ¿quién va a llevarla entonces a la guardería? Ivan y Marlene están estrechamente unidos a mi lado.

Les doy golpecitos con el dedo, estiro los brazos para demostrarles que el bajo sale de mí y no de la instalación.

Grito: ¡El bajo sale de mí y no de la instalación!

Se ríen. No tiene gracia.

Grito: No tiene gracia.

Grito: Si se me para el corazón, prometedme que llevaréis a Ida a la guardería.

Marlene grita: No tiene gracia.

Yo grito: E iréis a recogerla.

¿Cómo he podido olvidarme de la recogida?

Grito: ¡Y prometedme que iréis con Ida a Eslovenia y a Croacia, y le enseñaréis el mar!

Marlene grita: No tiene gracia.

Yo grito: Ya lo sé. Ivan, he apuntado los nombres de todas las ciudades. No podéis dejar fuera ninguna. ¡Prometedlo!

Ivan grita: De verdad, esto no tiene gracia, Tilda.

Grito: Liubliana, Piran, Pula, Medulin, Rijeka.

La cosa empeora. La estancia se encoge. Las paredes, demasiado negras, se me vienen encima.

La gente, que baila cada vez más próxima y agresiva a mi alrededor, que baila en torno a mí, tiene rostros coloridos y relucientes, que se ríen de mí y me gritan. Los huesos de la gente parecen disolverse, y se asemejan a renacuajos fosforescentes. Hace tanto calor que también mis huesos se disuelven. Agua caliente. Por todas partes. No puedo respirar. No soy un renacuajo. Tengo que salir de aquí. Pero ¿puedo salir de aquí? ¿Qué pasa con mi corazón? Late demasiado deprisa. El ritmo es demasiado rápido y demasiado alto.

Le grito a la DJ que ponga la música más lenta y más baja. «Mi corazón», grito.

Ella se ríe, su rostro cambia. Sus ojos azules se vuelven grandes y castaños, su pelo corto y negro se vuelve castaño y largo, sus rasgos se vuelven más duros y más viejos. La nariz respingona, la boca pequeña. Mamá. Se ríe de mí.

—¡Mamá! —grito.

Grito: ¡Mi corazón! Me vas a matar.

Grito: ¿Dónde está Ida?

Grito: ¿Te estás ocupando de ella?

Alguien me saca del agua a la superficie, y me da el aire fresco en la cara. Por fin. Me tumbo en el suelo y miro el cielo. Chispea, llueve, llueve a cántaros. Rayos en el cielo. Maravilloso. Truenos. El suelo vibra. No sé cuánto tiempo estoy tumbada en medio de la tormenta, podrían ser tres minutos, y también ocho horas. Pero sé que nunca he visto algo tan hermoso. En algún momento deja de llover, y me doy cuenta de que Ivan está tumbado a mi lado y me sostiene la mano derecha, y me pregunto cuánto tiempo lleva aquí sosteniéndome la mano derecha. Todo está bien. Todo irá bien, pienso.

Ivan: Aquí, vamos a bajar.

Desearía que la conversación que vino después nunca hubiera tenido lugar, y a veces me convenzo de que quizá me lo he imaginado todo. Por supuesto, sé que todo fue dicho exactamente así, porque cada palabra ha quedado grabada a fuego en mi cabeza.

Ivan: Ven conmigo a Rusia.

Yo: ¿Qué?

Ivan: Así saldrás de aquí.

Yo: Pero lleváis el coche lleno.

Ivan: Muchas veces vamos cuatro en el asiento trasero, cuando viene mi hermano mayor. Hay sitio suficiente. Y Nika y Sasha juntas abultan menos que un adulto.

Yo: ¿Y Marlene?

Ivan: Cinco son demasiados.

Vuelvo la cabeza hacia Ivan y comprendo, por su mirada seria y penetrante, que no está bromeando.

Me aprieta la mano, respondo a la presión, y en ese momento llega Marlene.

—Traidores —exclama, mientras se lanza sobre Ivan y lo besa.

En la penumbra, Marlene, Ivan y yo corrimos hacia casa, mi cabeza estaba saturada y llena de ruido. Poco antes de las seis, llegamos a la puerta. El coche ya estaba cargado y listo, y me pregunté por un momento cómo sería subirse. Habría sido muy fácil. Abrir la puerta, sentarse y listos. Pero Marlene e Ida. No subí. Ivan y yo intercambiamos una mirada, la mía decía «lo siento», la suya decía «está bien». Nos despedimos.

Abro los ojos, acaricio suavemente la mejilla amoratada de Ida y vuelvo a cerrarlos. Me pregunto qué habría pasado si llego a subirme, si al subir habría modificado la cadena de los acontecimientos y el accidente no habría ocurrido. O si también yo habría muerto. Me pregunto si Ivan iba al volante. Y me pregunto si tengo que contárselo a Viktor, ahora que además estoy en su casa, donde me despedí de su hermano pequeño hace cinco años, y si sería un error no contárselo.

Cuando me suena el despertador, a las siete, como todos los días, al principio no sé dónde estoy. Pero entonces veo a Ida junto a mí con el pijama de bambis amarillos y la mejilla amoratada y me doy cuenta de dónde estoy y de qué día de mierda hemos dejado atrás.

Voy a la cocina y me sobresalto. Viktor está sentado a la mesa, delante de un portátil, vestido con unos bóxers verdes y una camiseta blanca. Levanta la cabeza y esboza una sonrisa. Con el pelo enmarañado y los ojos cansados, parece un niño pequeño e inocente.

Viktor: Hola.

Yo: Hola.

Me alegra que ninguno de los dos nos atrevamos a preguntarnos si hemos dormido bien.

Viktor: ¿Café?

Yo: Sí, por favor.

Se levanta, ya no parece tan nervioso como ayer.

Viktor: ¿Leche, azúcar?

Yo: Solo.

Viktor: Quién lo hubiera imaginado.

No necesito preguntarle cómo lo toma él.

Deja en la mesa dos grandes tazas llenas de café, se sienta, y nos miramos un instante antes de eludir la mirada del otro. En su rostro veo el miedo y el agobio que también siento pesar en mi estómago. Los dos sabemos que la tarde anterior ha cambiado algo entre nosotros, y no me atrevo a preguntarle qué es lo que ha cambiado. Y entonces viene Ida. Entra dando pasitos a la cocina con su pijama de bambis; ahora tiene la mejilla oscura y un poquito hinchada.

Yo: Buenos días.

Ella mira al suelo y se sienta a mi lado.

Viktor: ¿Tienes hambre?

Ella se encoge de hombros.

Viktor: ¿Cereales?

Ella asiente.

Viktor: ¿Cini Minis o Frosties?

Ida: Cini Minis.

Viktor se pone en pie, se rasca la cabeza, le da Cini Minis, leche, una cuchara y un cuenco amarillo con una cara impresa. Nosotras también teníamos dos, uno azul y otro amarillo. Probablemente lo vendían en Aldi o Tchibo. Primero se rompió el azul, luego el amarillo. El azul se le cayó al suelo a mamá, como tantas piezas de nuestra vajilla. Mamá es peor que una niña pequeña, en realidad solo deberíamos tener en casa cubiertos de plástico. El amarillo me lo tiró a la cabeza cuando, en mi ingenuidad juvenil, pensé que podía impedir que bebiera escondiendo todas las bebidas alcohólicas que había en nuestra casa.

Ida: ¿Puedo mezclar Frosties y Cini Minis?

Da la impresión de que justo con esa pregunta parece haberle dado un golpe mortal; abre de par en par los ojos, nunca lo había visto descarrilar emocionalmente de ese modo, asiente y saca los Frosties del armario.

Nos sentamos en silencio a la mesa. Ida se toma sus cereales, con la mirada puesta en el desayuno, yo me tomo el café como si fuera agua, aunque está demasiado caliente, para quemarme la lengua y distraerme.

Viktor se masajea las sienes, y de pronto sus ojos azul gélido se encuentran con los míos y se clavan en mis pupilas como agujas de hielo.

Viktor: Tilda, no puedo hacer esto. Teneros aquí. Ida con ese pijama. Alguien tiene que ayudaros, pero yo no puedo. Lo siento.

Me levanto abruptamente.

Yo: Ida, ven, nos vamos.

Ida deja enseguida la cuchara en el cuenco, como si hubiera estado esperando una orden, salta de la silla y me coge la mano.

Yo: Adiós, gracias.

Ida: Adiós, gracias.

Viktor: Lo siento.

Yo: Yo también.

Siento que aún está en el marco de la puerta cuando salimos. Me vuelvo.

Yo: Te sienta bien tu apellido.

Él sonríe con tristeza.

Viktor: Entonces corre.

Solo cuando ya estamos casi en el tranvía me doy cuenta de que Ida sigue llevando el pijama de bambis y yo la ropa de deporte.

Ida: ¿Qué significa su apellido?

Yo: Lobo.

Ella asiente.

Ida: Pobre lobo.

Parte 2

Zanahorias, tomates cherri, champiñones, manzanas, leche entera, leche entera, cereales Toppas, cereales Lion, tostadas de pan integral, arroz, miel, confitura de ruibarbo Bonne Maman, miniyogures, yogur con bolitas de chocolate, flan de chocolate Paula con trazas de vainilla, quark desnatado, *crème fraîche*, nata, queso gouda, camembert Caperucita, salchichas, zumo Caprisun multivitaminas, Geo Mini. No juego, digo «48,99 euros», levanto la cabeza y veo el rostro de la madre. Me sonríe amablemente. Junto a ella está un niño con una loncha de embutido mordida en la mano. Si él supiera la suerte que tiene...

Antes de que mi padre se marchara, yo iba a menudo a comprar con mamá, y la loncha de embutido que me daban en el mostrador de la charcutería era naturalmente el punto culminante. A veces, después del supermercado, incluso íbamos a la carnicería del casco antiguo, donde la dependienta me daba ración doble: una loncha de mortadela y una de salami, enrolladas juntas.

Cuatro horas después dejo en la cinta la variante Mirácoli de espaguetis Mirácoli, Cini Minis, crema de vainilla Dr. Oetker, flan de chocolate Paula con trazas de vainilla, mortadela y salami. «9,27 euros», dice la señora Bach, pago, meto las cosas en la mochila y corro a la estación.

No sé exactamente lo que siento cuando miro por el ventanal de la biblioteca de la universidad a los estudiantes tumbados y sentados en el prado, y me gustaría sentir por un momento lo que sienten ellos. En cualquier caso, no solo es a causa del cristal que hay entre nosotros. Tengo que preparar un proyecto de investigación y un esquema de mi trabajo de fin de máster, que debo presentar en el seminario, pero aún no tengo un proyecto de investigación concreto, tan solo la dirección en la que me gustaría ir. Quiero analizar las ecuaciones estocásticas de Navier-Stokes y presiento que tengo una buena idea, pero no acabo de avanzar. Todo es aún demasiado impreciso. Mi tesis tiene que ser realmente fuerte, también a causa de Berlín. Más adelante me decidiré por Berlín, y entonces Berlín decidirá en mi contra. Pero hoy mi cabeza no quiere elaborar ningún proyecto de investigación, mientras aplazo lo más importante. Mi cabeza piensa en Ida, que estos últimos días está sorprendentemente animada y, al contrario de lo que me temía, ha encajado bien lo que pasó con mamá. Si no fuera por su mejilla, que cambia cada día de color, casi olvidaría lo que ha sucedido. Cuando volvíamos a casa el jueves por la mañana, en pijama de bambis y chándal de Nike, al llegar a la Fröhlichstrasse me preguntó:

—¿Tenemos bolsas de basura grandes?

Yo: Depende. ¿Qué quieres hacer?

Ida: Quiero recoger mi habitación.

Y desapareció, al llegar a nuestra casa, directamente con las bolsas en su habitación, y recogió. Yo no sabía qué hacer con mi vida, fui a la cocina, que tenía el mismo aspecto del día anterior, todavía sin mesa para la cena, fui al salón, donde mamá estaba tumbada y dormía, me detuve ante ella y la estuve observando sin más, tumbada y durmiendo. Me sorprende de forma reiterada lo pacífica, inocente y, sobre todo, lo infantil que parece cuando duerme. Se le pegan algunos cabellos a la frente empapada de sudor, a menudo descansa la mejilla sobre las manos entrelazadas, y a veces en sus labios apunta una sonrisa. Me encendí de rabia. Ida aún no me había contado lo que había ocurrido. Llamé a la puerta de Ida, entré, me senté en la cama y estuve mirando unos minutos cómo metía todas las cosas del colegio en una de las bolsas.

Yo: Ida, ¿qué pasó ayer?

Ella se detuvo un instante, luego siguió tirando los cuadernos dentro de la bolsa y dijo con un hilo de voz:

—Quería que fuera a comprar vodka.

Joder. Me esperaba una cosa así. Me imagino muy bien a Ida negando con la cabeza y diciendo que es demasiado pequeña, a mamá poniéndose furiosa porque Ida habla tan bajito y tiene tanto miedo, y exigiéndole que vaya y robe el vodka, a Ida negando en silencio con la cabeza y a mamá poniéndose aún más furiosa. Y entonces...

Yo: ¿Te puedo ayudar?

Ida: No.

Arrastró el primer saco lleno hasta la puerta.

Ida: Vete a nadar.

Yo: No, hoy me quedo aquí.

Ida: No, vete. Yo aún voy a seguir un rato.

Como no sabía en verdad qué hacer, y la mujer que dormía tranquila en el sofá me ponía insoportablemente furiosa, me fui a nadar. Cuando terminé el largo 23 y me detuve un momento a respirar al borde de la piscina, Viktor estaba encima del poyete; saludé con la cabeza, él devolvió el saludo o se encogió de hombros y saltó al agua. Me encaramé fuera de la piscina, me puse los pantalones y la camiseta encima del biquini mojado, le dije adiós a Ursula y hui. Cuando llegué a casa, había cuatro bolsas de basura llenas delante de la puerta de Ida, y en la cocina Ida estaba sentada a la mesa, dispuesta para la cena, y se preparaba una tostada de Nutella para el microondas. Decidí que hoy no iba a prohibírsela, por toda aquella mierda.

Yo: A partir de mañana se acabó la Nutella para cenar.

Mamá entró en la cocina detrás de mí, me volví hacia ella y vi cómo se agarraba al marco de la puerta al descubrir la mejilla de Ida. Había olvidado lo que había hecho el día anterior. Se acercó lentamente a Ida, quiso acariciarle la cabeza, pero Ida la apartó.

—Lo siento, ratoncita —dijo con la mano en el aire.

Ida tenía la mirada fija en su tostada de Nutella, que seguía untando con más Nutella. Mamá se quedó inmóvil un momento, luego se volvió, fue a la nevera, la abrió y cogió una lata de cerveza con la misma mano que apenas un momento antes tenía suspendida en el aire. Mientras nos volvía la espalda y abandonaba la cocina, yo cogí un rabanito y, en vez de tirárselo, lo estrujé en el puño hasta que se partió en dos.

—Salud —le grité.

Desde aquel jueves, la mesa volvió a estar puesta todas las noches cuando yo regresaba de nadar. Mamá no comía y se quedaba en el salón o en el balcón, bebiendo cerveza y vino, pintándose las uñas de los pies o viendo la televisión. Durante la cena, Ida y yo solíamos hablar de la película que habíamos visto la tarde anterior. Muchas veces a Ida no le gustaban las protagonistas de esas películas, porque siempre parecían «máquinas o robots». La Blancanieves de Kirsten Stewart la puso furiosa:

—Mira siempre como si le doliera la cabeza. Nunca se ríe. Y no es divertida.

Ida es divertida. Cuando le preguntaba lo que había hecho durante el día, mientras yo iba a trabajar y a la universidad, se encogía de hombros, lo cual significaba que había estado pintando. Se pasaba el día entero pintando, por la tarde ponía la mesa, y después de cenar veíamos una película en mi cuarto.

Aparte de las películas, no he seguido desarrollando mi plan de educar a Ida para que sea una guerrera. Desde el incidente, he apartado Berlín de mi cabeza. Pero, con Berlín o sin él, esto no puede seguir así todas las vacaciones. En una esquina de mi bloc he marcado «Berlín» en mayúsculas, y debajo del título «Proyecto Ida» anoto las palabras clave «Móvil (hoy), Biblioteca (hoy), ¿Reglas? (comunicación), Nuevo hobby (¿club de natación, deporte de combate?), ¿piscina con buen tiempo? (gafas de sol, hoy), ¿ocupaciones vacacionales? (universidad, piscina, senderos)». Arranco la lista del bloc, recojo mis cosas y salgo de la biblioteca. En la máquina que hay delante de la cafetería compro una bolsa de plástico de la biblioteca de la universidad y corro al casco antiguo. En MediaMarkt compro un teléfono móvil, en H&M unas gafas de sol. Saco un carnet de la biblioteca municipal y tomo prestadas unas cuantas novelas de aprendizaje que me gustó leer en su momento. Con los libros y todo lo demás metido en la bolsa de plástico de la universidad, me voy a la piscina, que está a reventar de gente. Vacaciones y calor..., una combinación peligrosa. Escaneo tres veces la piscina de izquierda a derecha, aunque ya con la primera mirada he visto que hoy no hay nadie atravesando el caos. Viktor no está. Es la primera tarde en la que no está desde que llegó aquí. Quizá haga demasiado calor y haya demasiada gente para él. Pero en realidad también durante los anteriores días de calor trazó impertérrito sus largos en la piscina atestada, mientras los niños ruidosos y los viejos que nadaban a braza se apartaban respetuosos ante el nadador de crol. Desde que estuvimos en su casa, el saludo con la cabeza, y no digamos con la mano, ha desaparecido. Solo ha habido ese movimiento casi imperceptible cuando nuestras miradas se cruzaban. He tenido que fijarme mucho para verlo. Y eso me pone furiosa. Me da náuseas que sepa tanto, que me haya visto en un momento de tanta debilidad y después no quiera seguir conociéndome. Si pudiera lo eliminaría, como en una de esas películas malas de mafiosos en las que la gente que sabe demasiado muere. Mientras me abro paso en la piscina, me pregunto si Viktor se habrá ido. Pienso que sería estupendo para mí que se hubiera marchado, pero siento un vacío en el estómago. El bochorno me da problemas. Me prohíbo pensar en Viktor, que sin duda mañana estará aquí, y pienso en la bolsa de plástico de la biblioteca de la universidad y en mi Proyecto Ida, que voy a presentarle enseguida. Después de 23 largos, no me siento con Ursula, me pongo el vestido, me cuelgo la mochila, me echo al hombro la bolsa de la universidad y le digo:

—Lo siento, debo irme enseguida, tengo algo que hacer.

Ursula: Hoy no hay nada que ver.

Ignoro su guiño y me despido con una cabezada.

La mesa ya está puesta para la cena, pero Ida no está en la cocina. Llamo a su puerta, dos veces rápido, breve pausa, tres veces despacio, abro y estoy un poquito nerviosa, casi como antes de una exposición oral. Ida está sentada en su escritorio, y hace girar la silla 180 grados, como una directora de colegio que te ha citado en su despacho porque has metido la pata; hoy tiene la mejilla de un color marrón amarillento. Estoy tan contenta de que toda esa mierda haya ocurrido el último día de colegio, y no tenga que ir... Al menos contamos con un buen *timing*.

Me planto delante de ella, le pongo la bolsa de plástico de la biblioteca de la universidad en las manos y me siento de frente en la cama.

Yo: Bien, sé que las vacaciones de verano son una época difícil para ti, porque te pasas la mayor parte del tiempo en casa y no podemos ir de viaje o algo parecido. Por eso, hoy he estado pensando un poquito y he hecho un plan que tal vez también te sirva para el cole nuevo. Antes de empezar, quiero decirte que todo esto solo son propuestas y que no tienes por qué aceptarlas. Lo haremos así: vas a sacar una cosa de la bolsa y te explicaré de qué propuesta se trata, y tú me dirás qué opinas. ¿De acuerdo?

Ida: De acuerdo.

Yo: *Stop*. Aún no puedes sacar nada. La bolsa también es una propuesta.

Propuesta 1. Puedes venir conmigo más a menudo a la universidad durante las vacaciones. Allí también son vacaciones, lo que tengo que hacer es leer y escribir el trabajo de fin de máster, y entretanto tú puedes pintar o leer.

Ida: Propuesta aceptada.

Ida saca de la bolsa las gafas de sol Cateye de color rosa, se las pone, tiene un aspecto dulcísimo.

Yo: Propuesta 2. Hace una semana que no llueve, y según el pronóstico del tiempo el calor va a durar aún un poquito. ¿Qué te parecería venir conmigo alguna vez a la piscina?

Ida: Propuesta rechazada.

Yo: ¿Y si vamos más tarde? ¿Poco antes de que cierren?

Ida: Propuesta rechazada.

Yo: De acuerdo.

Cuando Ida saca el móvil, vuelve a quitarse las gafas para mirarlo directamente con los ojos muy abiertos.

Ida: ¿Un teléfono móvil?

Yo: Propuesta 3.1. Que en realidad no es ninguna propuesta. Simplemente, quiero que me llames enseguida si pasa algo. Y si mamá se sale de quicio y, por alguna razón, no estoy localizable o estoy muy lejos, entonces llamarás a la policía, ¿de acuerdo?

Ida: De acuerdo.

Yo: Propuesta 3.2. La verdad es que iba a comprarte un móvil prepago, pero pensé que quizá querrías hacer fotos de tus dibujos y subirlas a Tumblr o algo así. Ya sabes que las redes sociales y todo eso me parecen más bien una caca, y además eres demasiado joven, pero Leon dice que hoy en día esas plataformas son muy importantes si se quiere hacer algo con el arte, ¿sabes?, y quizá puedas realizar algún intercambio.

Ida: Examinaré la propuesta.

Le sonrío.

Ida: Gracias, Tilda.

Nos sonreímos.

Saco el sobre del bolso, lo abro y extraigo el carnet de la biblioteca.

Yo: Propuesta 4. No puedes pasarte todas las vacaciones metida en tu cuarto pintando, o conmigo en la biblioteca de la uni. Necesitas un segundo lugar de retirada y un segundo hobby. La biblioteca de la ciudad es estupenda, va poca gente, tiene rincones para sentarse y puestos de lectura. A ti te gustan las historias, y tienes una conciencia del lenguaje muy marcada para tu edad. Creo que deberías leer más.

Ida: Propuesta aceptada.

Yo: Ya he sacado prestadas para ti unas cuantas novelas, con las que puedes empezar.

Ida: Gracias.

Yo: De nada. Propuesta 5. Cada vez que vayamos juntas de excursión, tienes que mantener una conversación con alguien que no sea yo. Y, cuando pidamos comida por teléfono, tienes que llamar tú.

Ida: ¿Propuesta rechazada?

Yo: ¿Perdona?

Ida asiente.

Yo: Propuesta 6. Vas a entrar en un club deportivo. ¿Quizá el club de la piscina?

Ida: Rechazado.

Estoy tumbada en mi colchón, y sudo. No hay viento, no me llega siquiera una brisita. Hace tanto calor... Pienso en Berlín. Con la elaboración del plan de Ida, la ciudad ha vuelto a abrirse paso en mi cabeza. En realidad, después de la mejilla morada había optado por rechazar la plaza, pero ahora mis pensamientos vuelven a rugir. Quizá debería hablarles a Ida y a mamá de la beca y ver cómo reaccionan. Cierro los ojos y vuelvo a abrirlos. Demasiado calor. Demasiado ruido.

Una barrita de Mamba, té helado de albaricoque, té helado de limón, un tíquet de reembolso de 50 céntimos de los dos tés helados del día anterior. Miro a Ida a la cara.

Yo: 1,60 euros. Enseguida voy.

Ella asiente, me pone el dinero en la mano, como siempre la cantidad exacta sin decir palabra, y sale.

Una vez fuera, se sienta en el banco que hay delante del supermercado. Lleva puestas las gafas de color rosa, y a su lado tiene la bolsa de la biblioteca de la uni, con un bloc de dibujo, una carpetita, los dos tés helados, la barrita de Mamba y cinco paquetes amarillos de Mamba que han quedado de los últimos días, porque no nos gusta el limón. Tiene un libro en el regazo. Me detengo, y la imagen de cómo las gafas siguen en su movimiento las líneas del libro y pasa una página tras otra me hace feliz. Sabía que leer iba a ser una buena propuesta. La lectura me dio mucho en aquella época, y sigue dándome mucho hoy. Intento pasar todo el tiempo posible con las mates, porque son un lugar en el que me siento en casa, pero de vez en cuando también llevo conmigo una novela. Todo empezó con *Corazón de tinta*, cuando acababa de comenzar quinto. Me dejó alucinada que, cuando Meggie leía en voz alta, fuera capaz de sacar de los libros objetos y personas, y que en la segunda parte, valiéndose de la lectura, incluso lograra introducirse en un mundo desconocido. Cuando estaba sola en mi cuarto, intentaba una y otra vez entrar en otro mundo mediante la lectura, pero nunca funcionó. La mayoría de las veces tomaba prestados libros juveniles en la biblioteca municipal, pero en muchas ocasiones también cogía libros de la estantería de nuestra casa y, si la primera página despertaba mi curiosidad, seguía leyendo. Entre ellos había muchas historias medievales de mi padre que no se llevó, y la selección de novelas de Austen y Brontë de mamá. La certeza de que puedo perder muchas cosas, un padre, una madre, una infancia normal, de que nada es seguro y consistente, pero a pesar de todo los libros quedan, de que nadie me puede quitar esas historias, esos mundos a los que puedo huir, me tranquilizaba y me hacía invulnerable. Sabía que, por mucha mierda que pudiera caerme encima, ese poquito de felicidad no podía quitármelo nadie. Y ahora creo que Ida también lo sabe. Lo veo en su rostro, en todo lo que se refleja en él mientras lee, o en cómo dobla la esquina de la página antes de cerrar el libro, en cómo su mirada se pierde en el vacío y necesita un poquito de tiempo antes de regresar del todo.

Casi todos los días me acompaña a la biblio de la uni, y mientras yo preparo mi TFM y la tesis, ella está embebida en alguna novela. La biblioteca se encuentra bastante vacía, porque después de los exámenes la mayoría de los estudiantes están en el lago, en la piscina o de viaje, y no quieren hacer sus deberes y trabajos finales durante esta ola de calor. Ida y yo no hablamos. Cuando el reloj de pared da las seis, Ida mete el libro en la bolsa de plástico, se levanta y me mira expectante, yo meto en la mochila mis libros, el bloc y el lápiz, y nos vamos.

—¿Vas tú delante? —suele preguntarme de camino a la parada. Yo asiento o niego con la cabeza. Últimamente estoy leyendo sobre todo muchos libros y papeles para entender el fenómeno del boom de las ecuaciones de Navier-Stokes.

—¿Te gusta la novela? —le pregunto luego, y ella suele asentir.

En el autobús, las dos volvemos a sacar nuestros libros. El momento en que me bajo en la piscina y ella se queda sentada duele siempre un poquito.

Yo: Hasta luego.

Ida: Hasta luego.

De nuevo Viktor no está. Es el noveno día seguido. Empiezo a inquietarme. No puede irse sin más, sin despedirse. No éramos amigos ni nada parecido, pero al menos nos saludábamos, manteníamos una conversación normal, e Ida y yo incluso hemos estado en su casa. Puede que la visita fuera más o menos involuntaria y no saliera tan bien, pero no puede irse sin despedirse. No es guay que estuviera aquí todas las tardes y de pronto no esté. ¿No voy a volver a verlo nunca? ¿Ha sido una breve visita al viejo hogar? ¿Ha vendido esa casa triste? De todos modos, me da igual. Completamente igual. Solo quiero que pare este calor.

Yo: Solo quiero que pare este calor.

Ursula: Tilda, te digo que voy a ser la siguiente que se lleven de aquí por un golpe de calor.

El médico de urgencias viene casi una de cada tres tardes, la mayoría de las veces porque alguien ha sufrido un golpe de calor o un niño desquiciado se ha hecho daño o ha hecho daño a otro. Ayer, un niño cayó al suelo desde el tobogán, de tres metros de altura. Aún no me he recuperado del ruido. Tan sordo. El grito de la madre. Ursula y yo estábamos sentadas en nuestro banco mirando cómo de pronto todo se quedaba congelado en la piscina, los nadadores y los que se tiraban desde el trampolín permanecieron agarrados al borde, mirando el tobogán, hasta que los de urgencias se llevaron al niño.

Ursula nos rocía a las dos con agua fría.

Ursula: Ojalá que al niño no le haya pasado nada grave.

Yo: Está bien. Solamente se ha roto una pierna.

Ursula: ¿De veras? ¿Y tú cómo lo sabes?

Yo: Llamé al hospital ayer por la tarde.

Ursula: Muy bien, entonces podemos seguir jugando.

Ursula: ¿Cuál es tu apuesta?

Todos siguen en shock por lo del niño de ayer, y arman menos jaleo.

Yo: Dentro de tres días, clásico golpe de calor. ¿Y la tuya?

Ursula: Yo apuesto por una pelea mañana.

Yo: Nunca ha habido peleas.

Ursula: La gente está excitada. Nunca he visto una pelea en vivo.

Yo: Yo sí.

Yo: Aunque en realidad no fue una pelea. Más bien una victoria por KO. Con el primer y único golpe de Ivan directamente al rostro de Max, alias Justus, este último quedó inconsciente en el suelo. Naturalmente, también fue en aquel verano pegajoso de hace cinco años. En una calurosa tarde de julio, Kilian celebraba su cumpleaños en la finca, y la tarde estuvo marcada por una mala estrella desde el principio, o al menos desde que Ivan hizo una observación acerca de aquella estúpida alejandrita. La verdad es que yo estaba esperando que llegara esa tarde, porque Leon venía de Berlín a pasar el fin de semana en casa y había transcurrido una eternidad desde que me dijo «hasta la próxima» por última vez. Marlene, Ivan y yo y unos cuantos más sin importancia estábamos, como tantas veces, sentados en círculo en el suelo, habían rulado varios canutos, tomábamos vino, y yo le sonreía a Leon, radiante, mientras venía directo hacia mí y me daba un beso en la mejilla. Cuando Leon y Marlene fueron hacia Kilian, Ivan me dijo, sin venir a cuento:

—Él no es para ti.

Yo: ¿Por qué?

Ivan: No sé. Demasiado plano. Demasiado jovial.

Yo: Qué tontería. ¿Acaso me pega más alguien triste, o qué? Además, no somos pareja.

Ivan: No necesariamente alguien triste, pero sí alguien con más profundidad.

Ivan: No te ve. Es como cuando alguien encuentra una alejandrita y la confunde con una esmeralda, sin saber que es una alejandrita, que a la luz de las velas y con luz artificial puede convertirse en un rubí.

Yo: Ivan, ¿qué estás diciendo? ¿Qué demonios es una alejandrita?

Ivan: Una de las más raras y valiosas piedras preciosas del mundo, capaz de cambiar de color.

En aquel momento no dije nada, porque estaba desbordada y no sabía si se estaba riendo de mí o acababa de compararme con una de las piedras preciosas más raras y valiosas. Nadie me había dicho nunca nada tan bonito. Aun así, de alguna manera el ambiente se había enrarecido, porque me pareció que Leon me miraba de otro modo, y me sentía observada por Ivan. Y entonces se sumó Max. Max es un hijo de puta engreído, desagradable, sabelotodo.

En aquel momento también estaba en nuestro curso, y en la clase de Historia, que ocupaba cuatro horas de la semana, Max y yo no hacíamos otra cosa que enzarzarnos en discusiones sobre la Guerra Fría. El señor Schulz opinaba a menudo que ambos estábamos llevando la Guerra Fría casi a un metanivel en nuestro curso, aunque yo no estaba de parte de nadie, sino en contra de Max. Que, naturalmente, estaba a favor de los imperialistas. Después de que sus padres —padre abogado, madre ni idea— le regalaran un BMW blanco por su decimoséptimo cumpleaños y un piso en un edificio antiguo, en pleno centro, por la reválida, y empezase a estudiar Derecho, comencé a llamarlo Justus. Simplemente es un Justus. Y, cuando Marlene se enrollaba con él bailando en cualquier fiesta, yo me interponía. De una manera un poquito excesiva. Di un paso más y me negué a ir con ella si seguía viéndose con él. No tuve que dar más pasos, porque llegó Ivan y Marlene se enamoró de él y olvidó a Justus, volvió a encoñarse con un modelo nuevo. A Justus aquel abrupto fin le pareció bastante idiota. Miro a los niños alborotando a mi alrededor y junto a la piscina, siento el aire caliente que se posa, pesado, en mi piel, pienso en los rostros de Viktor e Ivan, y aquella tarde vuelve a estar presente con la misma importancia de entonces. Como si Justus se nos hubiera unido este verano y no durante aquel verano pegajoso de hace cinco años.

Cierro los ojos y siento a mi alrededor a Marlene, a Ivan, a unos cuantos secundarios carentes de importancia y a Justus. Este último no hace más que mirar a Marlene, que se apoya en Ivan.

Cuando Ivan le pasa una china a alguien, ya no recuerdo a quién, la cosa se dispara.

Justus: ¿Así que aún sigues de camello? Ahora habéis salido del gueto ruso gracias a las actividades cibercriminales de tu hermano.

Ivan se limita a sonreírle. Sigue tranquilo. Somos muy distintos.

Justus: Lleváis la criminalidad en la sangre, ¿no?

Yo: Lárgate con el BMW de papi a la vieja casa de papi, querido Justus.

Me mira, centelleante.

Justus: Qué bonito, las minorías sociales se apoyan.

Señala la botella de vino que tengo en la mano.

Justus: Siempre había pensado que los hijos de alcohólicos no beben alcohol por miedo a terminar como sus padres.

Yo: Papi te lo ha explicado mal. Los hijos de alcohólicos suelen ser alcohólicos aún peores. Y cuando beben pegan todavía más fuerte que sus padres. Así que ten cuidado, querido Justus.

Leon: Tilda.

Aquel «Tilda» de advertencia de Leon. Me dieron ganas de vomitar. En ese mismo instante, Ivan se pone en pie con la agilidad de un puma, da tres grandes zancadas y deja KO a Justus de un puñetazo.

Ursula: ¿Hubo que llamar a urgencias?

Yo asiento.

Hoy, Ida ha intentado por primera vez cortar rosas de rabanito para nuestra cena; parecen rabanitos atropellados.

Yo: Le has dado una paliza a estos rabanitos.

Ida se ríe.

Ida: ¿Ha vuelto?

Niego con la cabeza.

Yo: Creo que ha regresado a Hamburgo, o a donde fuera el lugar del que vino. Probablemente nunca volveremos a verlo.

Furiosa, parto en dos el rabanito atropellado, que parece un pequeño corazón encogido.

Ida niega con la cabeza.

Ida: No lo creo.

Yo: ¿Por qué no lo crees?

Ida: Habría dicho adiós. Es decente.

Yo: No tan indecente como nuestros padres.

Ida me mira mal. En realidad, nunca hablamos de nuestros padres.

Sobre todo no hablamos de su padre, porque no existe. Ida nunca lo ha visto, y no sabemos nada de él.

—Estoy embarazada. De cinco meses. Demasiado tarde para un aborto.

Mamá me dijo estas palabras una tarde, así, sin emoción alguna; yo no supe qué hacer, y me pregunté cuántas veces habría abortado y si la bebida era mala para el niño que llevaba en su vientre.

—No debes seguir bebiendo —le dije. Ella asintió.

—¿De quién es? —le pregunté.

—De un hijo de puta.

Calculé, y me hice una idea de qué hombre era el hijo de puta, pero la verdad es que daba igual. Que es un hijo de puta es lo único que Ida y yo sabemos de su padre, y la verdad es que basta con eso.

Yo: «Decente», ¿qué clase de palabra es esa? Hablas con un lenguaje demasiado adulto para tu edad. Como una abuela.

Me meto en la boca un rabanito atropellado, que por lo menos sabe igual de amargo que el anterior.

Ida se encoge de hombros.

Suena el timbre. Mamá. ¿Por qué llama siempre al timbre antes de abrir?

Las 19.25.

En realidad, siempre llega en torno a las 19.00. Los últimos días nos ha hecho compañía un rato casi todas las tardes al volver del trabajo en el café, al que se ha reintegrado tras su infección gastrointestinal, que le ha durado una semana. Por suerte no pidieron ningún certificado cuando llamé y les describí que estaba vaciándose por todos los orificios de su cuerpo. Cuando se sienta con nosotras casi contenemos la respiración, porque desde que ha vuelto a trabajar todo es espantoso. Nos hace muchas y continuas preguntas directas: «Bueno, ¿cómo estáis? Bueno, ¿qué tal día habéis tenido? Bueno, ¿qué habéis hecho?», por suerte no hay ningún «Bueeeno» prolongado, porque no le interesan las respuestas; se come un trozo de pan y, cuando dice: «Voy a salir un poquito al balcón a disfrutar del atardecer», respiramos aliviadas y volvemos a relajarnos. Me sorprende que esta vez no haya huevos fritos, se ha saltado la fase de arrepentimiento y ha pasado enseguida a la ventanilla de «A partir de ahora voy a ser buena». Lo principal es que Ida esté bien.

Mamá: Bueeeno, ¿dónde están mis ratoncitas?

Miramos hacia la puerta, Ida se pone rígida y contiene la respiración. Ella también se ha dado cuenta: mamá ha bebido, y no poco. Antes, siempre empezaba a beber después del trabajo y tras sentarse con nosotras, en el balcón o en el sofá. Trago saliva cuando la veo en el marco de la puerta, sonriendo con su corto vestido rojo, con las piernas temblorosas. Por supuesto, sabía que solo era cuestión de tiempo que reincidiera. Cuando está como ha estado los últimos días, es una bomba de relojería. Pero hoy el tictac de la bomba suena muy fuerte. La observo mientras se sienta con nosotras, los ojos maquillados y vidriosos, las mejillas enrojecidas, el cabello empapado de sudor.

Tictac.

Es demasiado de todo. Demasiado amable, demasiado excitable, demasiado ruidosa. Lleva demasiado maquillaje en la cara, demasiado perfume en la piel. Hace demasiadas preguntas, cuyas respuestas no quiere oír. Además, aquí hace demasiado calor. Sencillamente, todo es demasiado. El trabajo de fin de máster, que aún no está del todo concluido, mis ojos palpitantes, Viktor, que no está, aunque me dé igual que no esté, solo que me parece mal que se haya ido sin más, sin decir una palabra. Ida, que está sentada y enmudece de miedo ante este monstruo que acaba de sentarse, que se ríe y pregunta qué tal le ha ido en el colegio.

Tictac, tictac.

Yo: Ida lleva casi tres semanas de vacaciones de verano.

Durante las últimas semanas, ya hemos comentado varias veces que Ida está de vacaciones.

Monstruo: Ah, qué bien. ¿Y qué haces durante las vacaciones?

Me levanto, Ida me imita y me coge de la mano.

Yo: Ida hace lo que hacen los niños durante las vacaciones de verano: se va de viaje, visita a los abuelos, va a la piscina, se encuentra con amigos. Pero, sobre todo, tiene miedo a una madre que es un monstruo.

Ahora el monstruo se pone furioso. Lo veo porque, debido al exceso de alcohol en su sangre, el monstruo entiende con mucha lentitud, y puedo ver los rasgos de su rostro cuando se pone furioso. Levanta la voz.

Monstruo: ¡Tilda, tú eres el monstruo!

Tictac, tictac, tictac.

Me río.

Monstruo: No te rías, cabra estúpida. Con todo lo que hago por vosotras, niñas ingratas de mierda.

Hipa.

Monstruo: Todo el día trabajando.

Hipa.

Monstruo: Soy una buena madre, cabra estúpida.

Hipa.

Monstruo: Todas las noches me siento...

Hipa.

Monstruo: ... con vosotras.

Monstruo: Tanto trabajo.

Tictac, tictac, tictac.

Me río a carcajadas, aunque en vista de semejante estallido de hipos y balbuceos me gustaría aullar o gritar, me vuelvo y arrastro conmigo a Ida, pero no tengo que arrastrarla, porque ella también quiere irse.

—¡Os odio! —ruge el monstruo a nuestra espalda, algo cae al suelo, y digo:

—Mañana daremos un paseo.

Yo: Vamos a preparar una mochila con agua mineral, barritas de muesli, crema solar y un mapa de senderos, iremos al Biergarten, tomaremos filete empanado con queso fundido y ensalada mixta y una cocacola grande, compartiremos un trozo de tarta de manzana de postre y volveremos. Como una familia de empollones o una pareja de viejos en forma. ¿Qué te parece?

Ida: Propuesta aceptada.

Tiempo atrás, después de que mi padre nos abandonara y antes de que llegara Ida, yo no solo iba a casa de Marlene todos los días después del colegio, sino que además salía a hacer senderismo con su familia en primavera, verano y otoño, casi uno de cada dos fines de semana. Era hermoso, pero también triste. Participar de una familia intacta de la que, en realidad, una no forma parte a veces resultaba doloroso. Pero cuando el padre de Marlene, Markus, corría detrás de Marlene, de Leon y de mí porque le habíamos echado escaramujo en el cuello, o cuando por fin tenía delante aquel filete gigantesco con aquella montaña de queso fundido encima, era feliz. Markus y Lisa casi siempre se cogían de la mano, lo cual, ya de niña, me confundía. Tenía que mirar una y otra vez para cerciorarme de que seguían cogidos de la mano.

De alguna manera, resulta grotesco levantarme y comprender que hoy, después de todos aquellos años, estoy volviendo a hacer senderismo, pero, cuando Ida y yo subimos, sudorosas, la montaña, me siento bien. Mucho mejor que entonces, con la familia intacta de Marlene, porque nosotras dos somos una parte, la mitad de un todo. Somos una familia. Somos un organismo intacto, funcionamos juntas. Solamente nos vemos trastornadas por la última parte de nuestra familia. Así que, en realidad, somos una familia predominantemente intacta. En un 66,67 por ciento. Somos hermanas intactas. En un cien por cien.

Ida: ¿Crees que se curará alguna vez?

Decido no mentir y digo:

—No.

Ella asiente.

Ida: Yo tampoco.

Yo: Y creo que tenemos que aceptar que no podemos ayudarla.

Ida asiente.

Vuelvo a ordenar las palabras que tengo en la cabeza desde hace días, y empiezo:

Yo: Ida, no debes tener miedo. Ya no puedo seguir preocupándome por ti como hasta ahora. Eres fuerte y eres inteligente. Di de una vez lo que piensas. A mamá, pero también ahí fuera.

Ida mira al suelo.

Yo: No debes dejarte machacar por ella. Di lo que piensas y haz lo que quieras. No debes tener miedo de los demás. Eres encantadora. Déjalo salir. En tu nuevo colegio, háblales a los compañeros que te parezcan guais, grítales, por mí puedes pegar a los que te hagan enfadar. Cuando Ursula lleve un vestido bonito, dile que lleva un vestido bonito; cuando te compres un helado, pregunta si te pueden poner tres bolas por el precio de dos.

Ahora Ida ya no mira al suelo, sino a mí directamente, con los ojos muy abiertos.

Yo: Y ve mañana a clase de natación.

Ida calla. Cuatro minutos. ¿Puede que haya sido demasiado duro y demasiado pedir para la primera vez? Tengo que decírselo. Ahora.

Yo: El profesor Klein va a recomendarme para una beca de doctorado en Berlín.

Ida: ¿Y eso qué quiere decir?

Yo: Eso quiere decir que quizá me presente.

Yo: Si a ti te parece bien.

Ida: ¿Cuándo?

Yo: La beca empieza el curso próximo.

Ida calla. 125 segundos.

Ida: «Doctorado» significa que vas a poner un «Dra.». delante de tu nombre, ¿no?

Yo: Sí.

Ida: No sabía que eras tan lista.

Yo me encojo de hombros.

Yo: Me gustan las mates.

Ida: A mí no me gustan las mates.

Yo: Muy bien.

Yo: ¿Significa eso que no debo presentarme?

47 segundos.

Ida: ¿Eres tonta? Tienes que presentarte.

83 segundos.

Ida: Dra. Tilda Schmitt. Suena gracioso.

Ida se ríe entre dientes, yo intento tragarme una bola gigantesca y lucho contra unas lágrimas que queman.

La manita de Ida coge la mía, y cogidas de la mano escalamos la última montaña antes de llegar al Biergarten. Somos rápidas, y adelantamos a tres familias y a cuatro ágiles parejas de ancianos. Estoy triste, y no sé si más triste que feliz o más feliz que triste. Pero tampoco puedo saberlo, porque ambos sentimientos se mezclan en un hermoso, doloroso y concentrado cóctel, y me llenan todo el cuerpo.

Sin decir palabra, buscamos una mesa en el Biergarten y leemos la carta en silencio. En verdad hay poco donde elegir, filete sin más, filete con queso gratinado, filete en salsa cazadora, con patatas asadas o ensalada mixta de guarnición, pero leemos las tres páginas de la carta como si fuera una novela.

Ida: Propuesta aceptada.

Miro a Ida, que sigue ensimismada en la carta.

Yo: ¿Cuál?

Ida: El lunes iré a clase de natación.

Y nunca olvidaré el espectáculo que entonces ocurre ante mis ojos en aquella terraza. Ida, con sus gafas de sol Cateye de color rosa puestas, como no podría ser de otro modo, levanta la mano y el dedo índice, mira a la camarera, que acude al instante, y dice alto y claro:

—Dos filetes con queso y dos cocacolas grandes, por favor.

Camarera: ¿Con ensalada?

Ida: Con ensalada.

Una botella de Príncipe Uranov, dos botellas de rosado Blanchet, una botella de espumoso Rotkäppchen. Nuevo récord. Mamá bebe más cada día. Entretanto, tengo que vaciar cada dos días la bolsa de yute de la librería Klara con las botellas. En tiempos mejores, lo hacía una vez a la semana. En tiempos aún mejores, ella misma sacaba las botellas, cuando empezó toda esta mierda de la bebida. Y en los mejores tiempos, cuando se dio cuenta de que estaba embarazada de Ida, y hasta que dejó de darle de mamar, no había botellas en la bolsa.

Cuando tenía trece años, me dio por primera vez la bolsa llena de la librería Klara para que la vaciara rápido antes de ir al colegio. Y eso que los contenedores de basura no quedaban camino del colegio. Ya antes de que empezara a darme las bolsas, había notado que, sobre todo por las tardes, estaba distinta, decía tonterías, estaba muy nerviosa, y agresiva de alguna manera, pero solo me di cuenta de que bebía cuando mis compañeros de clase y yo empezamos a probar el alcohol en la pista de patinaje. Todavía recuerdo que vi a Marlene, con la botella de aguardiente en la mano, riendo con los ojos brillantes, atontada, y entendí. Poco después, el que mamá bebiera y la bolsa de yute de la librería Klara colgada junto a mi bolsa de deporte se habían convertido en parte integrante de mi vida. Qué aliviada me sentía cuando la bolsa de la librería aún no estaba tan llena, y qué nerviosa cuando tenía que llevarme tanto la bolsa de deporte como la de la librería.

Tiene su gracia que siga siendo la bolsa de la librería Klara, y me parece impresionante que aún esté intacta, a pesar de cargar tanto cristal durante más de una década. Quizá deba romper la tradición y colgar una bolsa más grande en la cocina, dependiendo de cuánto tiempo aguante mamá.

El contenedor del cristal es un lugar gracioso. Más o menos igual de gracioso que la robusta bolsa de la librería. Es gracioso ver a los sospechosos habituales pararse junto a los contenedores, saltar del coche con el motor en marcha y eliminar las pruebas con rapidez, evitando rigurosamente el contacto visual, omitiendo los saludos. Es un espacio anónimo, en el que nadie conoce a nadie, ni siquiera la vecina o el antiguo profesor de Geografía. Meto la bolsa de la librería en mi mochila, y mi cabeza vuelve a rugir. ¿Puedo dejar a Ida sola con esta bolsa, las botellas y mamá?

Mamá entra en la cocina mientras hojeo sentada a la mesa las *Stochastic Equations in Infinite Dimensions* de Da Prato y Zabczyk. Hoy tiene el día libre. Estoy nerviosa. 18.30 horas, ahora empiezan las clases de natación. En verdad quería llevar a Ida a la piscina, pero Ida quería ir sola. «Si lo hago, lo hago de verdad», dijo. El reloj de la pared marca las 18.31. Espero tanto que Ida participe... pero tengo una especie de mal presentimiento. Mamá se sienta a la mesa, y me pregunto cuál sería la mejor manera de contarle lo de Berlín. Aún no me he decidido, pero me gustaría marcar ya la pauta. De todos modos, es probable que a mamá le dé igual. Cierro el libro y ordeno mis palabras. Ella hojea un prospecto del supermercado y, mientras pasa las páginas demasiado deprisa como para poder ver alguna oferta especial atractiva, dice:

—He conocido a alguien.

Trago saliva, ya contaba con algo por el estilo. El número creciente de botellas, que estuviera de tan buen humor, los nervios, el maquillaje, el perfume, todo eso. Las dos sabemos adónde conduce.

Yo: ¿Dónde?

Mamá: En el café, durante el trabajo.

Los hombres son un trapo rojo, un trapo rojo oscuro.

Mamá: Esta vez es diferente, Tilda.

Yo: Ocho.

Mamá: Ah, Tilda.

Yo: Ah, mamá. Ya basta. Las dos sabemos cómo va a terminar. Todo es estupendo y maravilloso, porque esta vez es diferente. Luego él se va, desplome, antidepresivos, e Ida y yo tenemos que limpiar toda la mierda.

Mamá: Eso no es justo.

Yo: Sí, mamá, esto no es justo.

Me levanto, salgo de la cocina, me pongo las zapatillas de correr y me voy a correr.

La rabia me destroza si no la dejo salir. Así que corro. Corro todo lo rápido que puedo. Aunque, en realidad, no dispongo de energía concentrada, remonto la Fröhlichstrasse hasta la entrada del bosque. Ya no tengo en cuenta la falta de energía. No hay más que rabia. Las lágrimas y el sudor me arden en los ojos. En el momento en que el verdor del sendero del bosque me envuelve por completo, siento que me desprendo de un poco de esa pesada rabia. Remonto el sendero haciendo un esprint. Un hombre que viene en dirección contraria me sonríe y levanta los pulgares, yo le enseño el dedo. Me arden los pulmones. Me arden los muslos. Veo mi meta: el claro. Recta final. Al llegar arriba, abro los brazos, cierro los ojos y doy vueltas en círculo. Y la dejo salir. La rabia. La grito. Grito para sacar esa rabia de mierda de este cuerpo de mierda, la vierto sobre esta puta ciudad de provincias con sus putos ciudadanos de provincias. Sobre mamá, que bebe y se enamora en vez de ser una madre y comprar flan de chocolate Paula con trazas de vainilla. Sobre Ida, que tiene que abrir de una vez su boca de mierda y a la que no puedo dejar sola con mamá en esta pequeña ciudad de mierda. Sobre Viktor, que se larga sin decir una palabra. La rabia sobre todo. Y sobre todo sobre este bosque, que simplemente es demasiado hermoso y huele demasiado bien. Salgo corriendo del bosque por la Fröhlichstrasse, paso de largo por delante de nuestra triste casa, llego hasta la zona de nueva construcción donde viven familias felices, corro hacia la casa en la que no vive ninguna familia feliz, no hay ninguna luz encendida ni ningún Clase G negro aparcado delante. Pulso el timbre una vez brevemente, luego con furia durante dos minutos, y me desplomo en las escaleras de la entrada.

Ida está sentada en el murete que hay junto a nuestra casa cuando llego corriendo una hora después. Me siento a su lado.

Yo: Has ido a clase, ¿no?

Ella niega con la cabeza.

Ida: ¿Y a ti qué te pasa?

Yo niego con la cabeza.

Yo: Todo bien.

Ida: Todo irá bien.

Apoya la cabeza en mi hombro.

Un tarro de salchichitas Meica Mini Wini. Nada más. Tan solo el tarro lleno de salchichitas. Todavía recuerdo cómo veía los anuncios de niña y no podía imaginar nada más maravilloso que tener un tarro propio de Meica Mini Wini como los niños del anuncio. Cada niño con un tarro. Tengo presente el día en que comí por primera y única vez las salchichitas Meica Mini Wini. Fue en el jardín de Marlene, el día de la fiesta de su séptimo cumpleaños, y comí salchichitas hasta que no me pude sentar. Resulta gracioso que aún exista esa mierda. Hoy aún no había visto nada tan anacrónico en la cinta de la caja, trato de adivinar, digo «3,99 euros», levanto la vista, veo el rostro del crac de las mates Ferdinand, del seminario de máster, y digo «hola».

Ferdinand asiente y guarda el tarro en su mochila. Ferdinand apenas habla, y cuando habla emplea el menor número de palabras. Simpático.

Ferdinand: ¿Lista para el viernes?

El viernes es el seminario en el que todos vamos a presentar los temas y esquemas de nuestros trabajos de fin de máster.

Yo: Casi. ¿Y tú?

Ferdinand: Casi. ¿High Five luego?

Lo miro casi con aire interrogativo, no quiero darle en las narices para una vez que habla conmigo, aunque considero la pregunta casi un poquito invasiva para nuestra relación.

Yo: Bien, si tú quieres.

Mira sin emoción mi cara de sorpresa.

Ferdinand: High Five es un bar nuevo. Todos van allí.

Me río. Él no se ríe.

Yo: Ah. Vale.

Ferdinand: Vale. Adiós.

—¡Para pasarlo bien en la comida, Mini Wini en la compra no se olvida! —le grito mientras se marcha. Naturalmente, no reacciona.

En el autobús, Ida se queda sentada cuando me levanto poco antes de la parada de la piscina. No podría aguantar estos días de calor sin ir a nadar por las tardes. Cuando por la mañana suena el despertador y huelo el calor del día, pienso en el momento en que salto al agua fría por la tarde y me levanto. Trato de hacer cambiar de opinión a Ida todos los días, pero es inútil.

Yo: ¿Seguro? El aparcamiento no está tan lleno como ayer.

Ida, que parece ensimismada en su novela, niega con la cabeza. Yo bajo, respiro el olor a cloro cuando cruzo la entrada, agotada y sudorosa, tiro la mochila en el banco junto a la cesta de colores de Ursula, me saco el vestido por la cabeza, me tiro al agua y vuelvo a nadar, por primera vez, 22 en vez de 23 largos. Luego me sumerjo hasta el fondo en la parte profunda, me siento en el suelo y miro desde abajo lo que sucede en la piscina. Hoy, mayoritariamente descoordinadas, patalean piernas de niño, piernas de ancianos más o menos coordinadas, se sumergen cuerpos de niño, hay muchas y variadas piernas al borde de la piscina. Como suele ocurrir cuando hace calor, después de mucha diversión. De pronto un cohete entra en el agua. Un cuerpo. No puedo evitar sonreír, me despego con ímpetu del suelo y me siento al lado de Ursula. Ha vuelto. Al decimoquinto día, ha regresado.

Yo: Creo que por fin tengo el tema para mi trabajo de fin de máster.

Ursula: ¿Y cuál es?

Yo: Límites *a priori* de las ecuaciones estocásticas de Navier-Stokes.

Tarda por lo menos un minuto en reaccionar.

Ursula: Cuando le dije a mi abuela que quería llamar Emma a mi hija, dijo: «Lo importante es que esté sana».

Yo: No sabía que tienes una hija.

Ursula: Tengo incluso dos nietos. Sarah y Johannes.

Yo: ¿Y también tienes un yerno?

Ursula me mira con el ceño fruncido.

Ursula: Si no, no tendría nietos.

Yo: ¿Y sigue viviendo con sus hijos y su mujer?

Ahora Ursula entiende.

Ursula: Sí.

Ursula: Si abandonara alguna vez a Ursula, lo molería a palos.

Ambas asentimos.

Cuando Viktor va por el largo 17, mi mochila suena tres veces en cortos intervalos, y saco mi móvil con rapidez. Ida: *Ha estado cocinando. Con su nuevo amigo. Están armando ruido.*

Me levanto, me pongo el vestido encima del bañador empapado, le digo a Ursula «tengo que irme» y salgo corriendo.

La música resuena en el 7 de la Fröhlichstrasse. *Yo y mis gafas de sol*, del rapero Haftbefehl. ¿Por qué están escuchando a Haftbefehl? Las ventanas de la cocina están empañadas. Asalto el campo de batalla. Ahí están los dos enamorados, oyendo al grupo KIZ.

Mamá: Tilda, estás empapada. Este es Jan.

Odio todo en él, la forma en que me mira de arriba abajo con sus ojos vidriosos y babosos, su polo rosa demasiado ajustado, que se tensa en su tripa cervecera, su mano derecha que sujeta la copa de vino, y sobre todo su mano izquierda, que se desplaza desde la nuca por el torso de mi madre.

Mamá: Siéntate, hay crepes de espinacas, de niña te gustaban mucho.

Yo: No. Eran los de azúcar y canela. Los de espinaca siempre me han parecido una mierda.

Mamá: Mi Tilda es dulce, ¿verdad, Jan?

Jan: Como un caramelo.

—Y tú eres un hijo de puta —digo, me vuelvo, me voy, cierro la puerta de la cocina y veo a Ida en el pasillo, corriendo hacia su habitación. La sigo. Nos sentamos juntas en su cama y miramos su pared de dibujos. Algunos han sido víctima de su campaña de recogida. Por suerte, el cerdito rosa sigue allí. Blancanieves y Rapunzel también. A su lado hay un gran dibujo nuevo. Una acuarela. Como una foto en medio del verde desbordante del bosque. Veo el rostro de un elfo con cabellos azules detrás de una seta, un matamoscas, y arriba, en la copa de un árbol, hay un pequeño duende. Es como uno de esos dibujos en los que hay que encontrar a un personaje. Un árbol, o quizá el tronco, está vivo, y distingo unos ojos amables y una sonrisa benévola en la corteza. En las copas hay más rostros de elfos con pelo de colores, que sonríen con descaro. Me gustaría huir enseguida al bosque, a nuestro claro. Quizá viera un elfo si lo buscara. Quizá nuestro problema es no ir nunca al bosque a buscar elfos.

Yo: Lo siento.

Ida: A mí también me parece un hijo de puta.

Me río.

En lugar de la Bella Durmiente hay un dibujo nuevo. Una acuarela. Muestra una balsa en unas aguas agitadas y oscuras. Encima de ella, un chico con gorro de cocinero y una princesa con orejas de conejo.

Yo: Ahí está otra vez.

Ida me sonríe, y yo le devuelvo la sonrisa.

Ida: Por fin.

También ha quitado a la rata mamá. Por suerte. No me gustaba.

Yo: ¿Has comido algo?

Ida niega con la cabeza.

Ida: Iba a poner la mesa.

—«Prefiero llamarte Sunny, ah, ah, ah, ah, ah. Desde ahora todo será *easy*. Porque tú ya no estás, ah, ah, ah, ah, ah» —canta Cro en la cocina.

Yo: ¿Kebab?

Ida asiente y se pone en pie de un salto.

Me levanto y veo una mancha oscura en la sábana, sigo llevando el bañador mojado.

Yo: Mierda, lo siento.

Ida: Está bien, ahora mi cama huele a piscina.

Me palpitan los párpados desde hace días y no puedo controlar el temblor. Estoy agotada, me tumbo en la cama y quiero dormir, pero los pensamientos hacen más ruido que el cansancio y la generación Rap alemán-Playlist en la cocina. No me llega ni un soplo de aire, tan solo un calor persistente, palpitante. El proyecto de investigación ya está, pero el proyecto Ida está estancado. Sin duda, Ida intenta llevar a la práctica las propuestas aceptadas, pero de alguna manera no son tan eficaces como yo pensaba. Le gusta venir conmigo a la uni y lee mucho, pero no se ha vuelto más extrovertida. Hace una eternidad que no va a la piscina, pasa los días ardientes leyendo y pintando. Siento que se alegre de que su cama huela a piscina, en vez de saltar a la piscina como los otros niños. Pero tampoco parece desdichada. Al contrario. Precisamente desde su último día de colegio está bastante bien. Pienso en las muchas mesas puestas, en los rabanitos atropellados. Pienso en las cuatro bolsas de basura delante de su habitación. En el cuadro nuevo con la balsa, el pinche de cocina, la princesa con orejas de conejo. Pienso en la liebre que grita «no» y se convierte en princesa. Pienso en Ida, que se sienta a mi lado y dice: «Todo irá bien», y me pregunto si todo va a ir bien.

Simplemente, tengo miedo de que Ida no esté lista para mi marcha y el derrumbe de mamá. Porque, al contrario que la primera, el segundo se aproxima sin duda alguna al cien por cien, y es inminente.

«Seguiremos despiertos hasta que las nubes vuelvan a ser lila», cantan Marteria, Miss Platnum y Yasha en la cocina.

High Five. Hubiera preferido darle a cada uno de los participantes un *High Five* para ellos y huir a la piscina, después de que el profesor Klein dijera: «Muy bien, señora Schmitt», y asintiera con la cabeza, en vez de ir al High Five. Pero no puedo ser siempre tan asocial y a la vez reclamarle más competencia social a Ida. «Relájate, dale una oportunidad a todo esto», pienso con esfuerzo, y aprieto varias veces los ojos para que termine este temblor, pero en cuanto entro en ese bar decorado con muebles de salón retro empiezo a arrepentirme.

Anna habla de su grotesco compañero de piso, que en ese momento está en una excursión de *fitness* y cocina, pone la ruidosa licuadora diez veces al día, planta no sé qué hierbas que queman la grasa y ha trazado con un hilo rojo una separación en la nevera entre las insanas mierdas de ella y su fruta, verdura y queso fresco.

Anna: Últimamente veo que a los hongos les están creciendo berros. Sí, estáis oyendo bien. En los hongos crecen unas minihierbas verdes. Pensaba que me estaba volviendo loca. De alguna manera las semillas han llegado a los hongos, y ¡tatá!

Todos ríen. Antes, cuando iba de compras con mamá, a veces me dejaba llevarme una revista como *Mickey Mouse*, *Wendy* o *Pregúntale al ratón*. En alguna de ellas había semillas de berro que se podían sembrar en algodón. Mamá plantaba las semillas conmigo, y una semana después, cuando rociábamos la ensalada de patata con los brotes, le decía a papá: «Son nuestros propios berros». Yo saltaba de la silla, traía el cuenco con el lecho de algodón y se lo enseñaba. Aquel día la ensalada de patata me sabía especialmente rica. Más tarde, cuando empecé a ir a comprar sola con frecuencia, de vez en cuando me permitía una revista cuando había algo guay en ella. En una ocasión, *Mickey Mouse* traía un set de cangrejos renacuajos para criarlos en casa. Por desgracia confundí los huevos con la comida y no sobrevivió ninguno de ellos, quiero decir, ni siquiera nacieron, pero no estoy segura. Solo sé que toda la empresa fue una gran decepción. Y mientras trato de recordar, muy concentrada, si los cangrejos salieron o no del huevo, él, Viktor, entra en el High Five. Con unos pantalones anchos de color beis, una camisa blanca suelta y *sneakers* de New Balance. No me ve, se sienta en un taburete junto a la barra e intercambia unas palabras con el camarero, que le pone una cerveza. No solo yo lo observo, tres chicas sentadas a una mesa junto a la barra, por su forma de vestir probablemente estudiantes de Derecho o Empresariales, desde luego no son de Matemáticas, le han echado el ojo. Tengo una perspectiva perfecta de las maniobras de emparejamiento, a las que sobre todo la morena de ajustado vestido negro de cuello vuelto parece dispuesta. Tiene cara de llamarse Jacqueline. Mientras habla con sus amigas, Jacqueline mira a Viktor y se ríe tan alto que incluso otros clientes se vuelven a mirarla. Si Jacqueline supiera a qué bloque de hielo se dirige... Sonrío para mis adentros al pensar en la inminente colisión, en su mirada irritada, casi asqueada, pero mi sonrisa-de-maldad-para-mis-adentros se congela abruptamente cuando él advierte la mirada calentorra de la estudiante de Empresariales y ella le sonríe acaramelada. Levanta las cejas como un signo de interrogación. ¿Está coqueteando con esa Jacqueline? Ella se levanta de su silla y se sienta a su lado.

Ferdinand: ¿Todo bien, Tilda?

Yo: Todo súper, ¿por...?

Felix: Pareces furiosa.

Anna: Es el alma de la fiesta.

Estoy aquí sentada y lo odio todo. La cerveza floja, el dinero que tengo que pagar por esa cerveza floja, y al que más odio es a él. La complacencia con que se apoya en la barra con su camisa blanca y sus anchos pantalones beis, que le sientan demasiado bien. Y también odio a esa vaca estúpida que está sentada junto a él y que le pone su estúpida mano, con una manicura perfecta, en el hombro. Odio a Jacqueline y odio el nombre Jacqueline. Y odio que le sonría, y sobre todo que él le sonría a ella. ¿Por qué le sonríe? Pensaba que estaría triste e infeliz. Al fin y al cabo, ha perdido a toda su familia. Y aun así le sonríe. Ambos se miran a los ojos, hasta que su mirada encuentra la mía y su sonrisa aumenta. Hijo de puta. Saco de la riñonera un billete de diez, me levanto, digo: «Me voy», y me voy. High Five. Tenía que haber dicho que no nada más oír el nombre del bar. También odio el tranvía que se larga delante de mis narices.

—¡Eh!

Su voz detrás de mí. Sigo andando.

Viktor: ¿No pensarás volver a irte sola andando de noche a casa?

En realidad solo quiero caminar hasta una de las próximas paradas, porque odio esperar, pero de verdad que ahora no me apetece contestarle.

Viktor: Voy a pedirte un taxi.

Yo: No.

Viktor: Hay 10 kilómetros.

Yo: 11.

Me alcanza, y caminamos juntos. Hay unos 130 centímetros entre nosotros, ambos miramos fijamente hacia delante, ambos tenemos la boca cerrada. Desde luego no voy a empezar ninguna conversación, después de que nos echara de su casa, se fuera sin decir una palabra y encima haya coqueteado con esa Jacqueline.

Me pregunto dónde ha estado las últimas semanas, y me pregunto cuánto tiempo se quedará esta vez, pero no le pregunto, porque estoy enfadada con él. En realidad, no tengo ninguna razón para estar enfadada con él, porque no somos amigos y él no me debe nada, pero de alguna forma las razones correctas no lo son cuando una está enfadada.

La noche es preciosa, el cielo está despejado y lleno de estrellas, sigue haciendo calor, pero ya no es tan desagradable como durante el día, y huele a muchas cosas. En verdad habría que vivir noches como estas cuando todo está tan tranquilo y duerme. Cuando todos cierran la boca. Cuando solo quedan los grillos, a los que se oye cantar, y en el aire hay muchísimas promesas.

Viktor: No puede ser que quieras ir a casa en mitad de la noche con un vestido corto, bebida y por una carretera sin iluminar, con muchos kilómetros por delante, por la que no circula casi nadie.

Yo: Nunca me habías dicho una frase tan larga. No sabía que dominaras las oraciones hipotácticas.

Viktor: Tu descaro verbal no te protegerá de los tipos enfermos.

Yo: Tú eres el único tipo enfermo que siempre quiere recogerme por las noches. Y además sé kárate.

Él sigue caminando en silencio, y me enfada un poquito que no se ría de mi broma. Y tampoco quería llamarlo tipo enfermo. Pero no voy a ser la primera en hablar. En realidad, no pensaba ir andando hasta casa, pero cuando, al cabo de 45 minutos, llegamos a una parada cuyo cartel anuncia la llegada del próximo tren dentro de tres minutos, ignoramos el anuncio y seguimos caminando en silencio. Entre nosotros no hay más de 40 centímetros de separación, los dos miramos fijamente hacia delante, con la boca cerrada. Me pregunto si me he acercado a él o él a mí o los dos a la vez. En cualquier caso, la distancia se mantiene durante todo el camino. Tengo tantas preguntas en la cabeza... ¿Dónde estabas? ¿Has vaciado ya el dormitorio de tus hermanas y de tus padres? ¿El carrito de Reisenthel era de tu madre? ¿Cuál es tu crema Paraíso favorita?... Me las trago todas. Porque no quiero estropear nada, porque el silencio y el caminar-juntos-en-medio-de-la-noche sienta bien. Me pregunto si él también estará disfrutando un poquito del paseo nocturno.

Cuando llegamos a la Fröhlichstrasse, lo que me gustaría es pasar de largo por delante de nuestra casa, seguir andando, adentrarme en el bosque, quizá viéramos unos cuantos elfos si los buscásemos. Pero Viktor se detiene a la entrada de nuestro bloque, espera hasta que llego al portal; cuando meto la llave en la cerradura me vuelvo, levanto la mano en señal de despedida y esbozo una sonrisa, él levanta la mano en señal de despedida y esboza una sonrisa, se da la vuelta sin decir palabra y se va. Me quedó mirándolo hasta que dejo de verlo. No se vuelve ni una sola vez.

El domingo por la mañana el cielo está negro como boca de lobo. Negro de verdad. Todo está tan oscuro que en plena mañana tenemos que encender la luz de la cocina. Ida y yo nos sentamos a la mesa. Ida lee y yo trabajo en mi TFM. Mamá mira la televisión, o más bien vegeta en el sofá con el televisor puesto. Jan no está, ayer por la noche discutieron a gritos, y no sé si me siento aliviada o tengo miedo. Hasta ahora, desde las crepes del martes, ese hijo de puta ha vuelto con ella del trabajo todas las noches, han estado bebiendo en el balcón y luego se han trasladado al sofá o al dormitorio, y por las mañanas, cuando yo salía de casa con o sin Ida, seguían durmiendo. Nos evitamos. La cocina es mi reino y el de Ida, el balcón y el salón pertenecen a mamá y a Jan. El miércoles por la mañana se lo dejé claro a mamá, y ella se limitó a encogerse de hombros, pero se atiene a ello. De vez en cuando va a la nevera a por más bebida, y a veces también se lleva patatas fritas u otros *snacks*. Ayer por la noche preguntó si teníamos aceitunas o algún otro aperitivo, yo me eché a reír a carcajadas. Más tarde, cuando ya me había acostado, subió el tono. Estaban discutiendo en el balcón. Se trataba de no sé qué Marianne con la que él debía largarse, una y otra vez aparecía el nombre de Marianne o la palabra «puta», hasta que la puerta de la casa se cerró de un portazo. Me pregunto si nos hemos librado de ese hijo de puta o si solo ha sido una insignificante pelea de borrachos. Normalmente las relaciones de mamá duran alrededor de tres semanas, pero siempre hay cambios. En una ocasión tuvo un amigo que se pasó casi tres meses aquí. Oliver. Estaba bien, pero también era alcohólico. Creo que Jan volverá esta noche.

A las 10.55 empieza a tronar, a las 11.23 a chispear, a las 11.24 llueve a cántaros, y luego el cielo se viene abajo. Granizo, tormenta, rayos, truenos. Todo al mismo tiempo, y no para. Quizá realmente el cielo se esté viniendo abajo. Vuelan macetas, ramas, basura, un río corre Fröhlichstrasse abajo. Cada vez se oyen más sirenas, mientras nos sentamos cómodamente a la mesa.

Yo: ¿Tienes miedo?

Ida: No, ¿y tú?

Yo: No.

Ida: Se está bien aquí, ¿no?

Yo: Sí, la verdad es que sí.

Así que el fin del mundo no puede hacernos nada.

A las 12.49 la tormenta ha pasado, tan solo sigue lloviendo a cántaros. El tiempo ha cambiado. Abro todas las ventanas de la cocina y dejo entrar el aire fresco.

Yo: Esto sienta bien.

Yo: ¿Mañana piscina?

Ida asiente.

Ida: ¿Crees que lo hemos superado?

Yo: ¿A qué te refieres?

Ida: Al calor.

En ese momento mamá aparece en la puerta y va a la nevera. Tiene los ojos llorosos.

Yo: Quizá.

Cuando por la noche al fin vuelve a refrescar, y después de la lluvia me llega un viento aromático, me río a carcajadas, hasta que tengo que acabar cerrando las ventanas, está entrando la lluvia.

El lunes por la tarde una jovial Ida, armada con un paraguas, viene hacia mí por la Fröhlichstrasse. Hago como si no la hubiera visto, doy un giro de 180 grados y acelero en dirección a la piscina. Oigo a mi espalda sus pasitos que corren con creciente ruido, hasta que, diez segundos después, intenta mantener mi paso corriendo a mi lado.

Yo: ¿Adónde vas, rayito de sol?

Ella me saca la lengua.

Sin embargo, el aparcamiento vacío nos hace intuir lo peor. «Cerrado por tormenta», pone el cartel que hay delante de la entrada, en el que normalmente solo están escritas con tiza la temperatura del aire y del agua.

Yo: Vaya mierda. Tormenta fue lo que hizo ayer. Esto no es más que lluvia.

Ida: Y la semana que viene cierran la piscina.

Una Ida de pronto ya no tan jovial se da la vuelta y se va.

Yo: Bueno, entonces tendremos que colarnos.

Hace tiempo, en algunas noches tibias de verano, había trepado por la valla, estando borracha, con Leon, Marlene y los demás. Todavía pensábamos que el mundo nos pertenecía y que nos esperaban grandes cosas, aunque yo ya intuía que las que me esperaban a mí no eran tan grandes como las de los otros. Más tarde, cuando ya sabía que no me esperaba nada grande, volví a colarme en tres ocasiones con Marlene e Ivan.

Ida se siente desbordada cuando, después de trepar de un modo nada espectacular, nos encontramos en la piscina vacía; contempla la pileta desierta, la pradera desierta, las persianas del quiosco bajadas, y se pasa un minuto simplemente inmóvil. Pero, transcurrido ese tiempo, no hace esperar más a la piscina y se sumerge. Yo respiro el olor a cloro y a lluvia, tiro la mochila encima del banco, me saco el vestido, salto de cabeza al agua, me sumerjo hasta el fondo de la parte profunda, me siento en el suelo y lo miro todo desde abajo. No hay piernas de niños pataleando sin coordinación, ni piernas de ancianos pataleando con más o menos coordinación, ni cuerpos de niños que se zambullen, ni mezcla alguna de piernas al borde de la pileta. Tan solo una alegre Ida zambulléndose y miles de gotas de lluvia chapoteando en la superficie. «Qué paz», pienso, y me gustaría quedarme un poquito sentada aquí abajo, si no me fuera a morir. Me despego del suelo y nado mis 22 largos. Luego me siento, helada, durante más de una hora en el banco de Ursula, y miro a Ida, que me sonríe radiante cada vez que hace una paradita para coger aire. Le devuelvo la sonrisa. Estoy helada, tiemblo, pero siempre que pregunta si nos quedamos un poco más me limito a asentir. De todos modos no puedo levantarme. Es duro tener que renunciar a la ducha precisamente hoy, pero aún no quiero enseñarle a Ida cómo se abre una puerta con una tarjeta de crédito. Un allanamiento de piscina alias trepar por una valla basta por hoy.

De camino a casa, me detengo delante del puesto de kebabs.

Yo: ¿Pizza?

Ida asiente. Pero, cuando le doy el billete de 10 euros, duda.

Yo: Acabas de allanar una piscina, creo que puedes pedir una pizza familiar.

Me mira enfadada, coge el billete, hace una bola con él y va hacia el kebab.

—Pregúntale si puede hacer un cuarto de Hawái para mí, un cuarto de Funghi para ti y media de salami para todos —le grito. Diez minutos después, sale con una sonrisa orgullosa en los labios y me da la caja.

Ida: Un cuarto de Hawái para ti, un cuarto de 4 Estaciones para mamá y media de Funghi para mí.

Touché.

Alegre y helada, corro junto a una Ida todavía jovial, que salta por el bordillo con la gran caja de pizza en la mano. Veo por el rabillo del ojo que intenta reprimir en vano la sonrisa que levanta una y otra vez las comisuras de sus labios. Miro riendo a mi ratón radiante y entonces veo de reojo que en nuestra casa no hay ninguna luz. Inusual. Mamá deja siempre por lo menos dos lámparas encendidas, incluso cuando sale de casa, porque tiene miedo a la oscuridad y a los ladrones. Cuando abrimos la puerta de la casa, el silencio resulta inquietante. Alarmada, irrumpo en el salón y contengo la respiración. Encima de la mesa de cristal, la consabida botella de vodka, unas tabletas de Xanax alargadas que parecen pequeños caramelos rectangulares PEZ. En realidad, ella solo toma Xanax durante las fases en las que bebe menos, para dormir, precisamente porque duerme en vez de beber. La benzodiazepina y el alcohol combinados son peligrosos, y ella lo sabe. Una notita en una hoja cuadriculada, y a su lado un lápiz Faber-Castell, graduación HB. Mi lápiz. En la nota, que ha sido arrancada de uno de mis blocs de espiral STUDENT, cuadriculado y con margen, pone «SORRY» en mayúsculas. La «Y» en el margen blanco, las otras letras, «SORR», en la parte cuadriculada. Y ella. Yace pacíficamente en el sofá, con el pijama de Maléfica que Ida y yo le regalamos el año pasado por Navidad. Mantén la calma, Tilda, respira tranquila. Inspira, espira. Tienes que actuar con rapidez y concentración, estás preparada. Ahora tienes que actuar. Ahora. Ahora. Ahora. Pero no puedo, no puedo moverme. Miro a Ida, que tampoco respira, tampoco puede moverse y me saca de mi estupor. Ahora.

Ahora: Sacarle de la boca los restos de pastillas, si los hay.

Le abro la boca con las dos manos.

No hay nada.

Ahora: Controlar su estado de consciencia. Dirigirse en voz alta a la afectada.

—Mamá, mamá —le grito a la afectada, pero no reacciona.

Yo: Ida, llama a emergencias, 112.

Ahora: Controlar la respiración.

Le estiro la cabeza poniéndole una mano en la frente y levantándole la mandíbula con la otra, me inclino sobre la cabeza de la afectada, que es mi madre, observo su caja torácica, que se eleva y desciende, oigo sonidos respiratorios y siento en la mejilla la respiración de mamá, a la que se le une una lágrima.

Oigo a Ida decir palabras que una niña nunca debería decir, no soy la única que se ha preparado para esto: Ida Schmitt, Fröhlichstrasse 37. Mi mamá está inconsciente. Sobredosis. Alcohol y pastillas.

Ida: ¿Respira?

Asiento.

Ida: Presencia de respiración.

Ahora: Situación estable de costado.

Para que mamá no se ahogue con su saliva o con la lengua, desplazo a la afectada, que sigue siendo mi madre, del sofá a la alfombra, la pongo de costado, le coloco el brazo en ángulo recto, flexiono la rodilla contraria, le pongo encima la muñeca de su otro brazo, la giro hacia el brazo flexionado, le estiro la cabeza y le abro la boca para que la sangre, el vómito o la mucosa puedan salir.

Ahora: Cuidar de que la afectada respire con tranquilidad.

Abro la ventana y tapo a mamá. Y luego, una vez que la consciencia y la respiración están controladas y mamá está tumbada en la alfombra en posición lateral y tapada, nos arrodillamos a su lado como dos enanas junto a la envenenada Blancanieves. Con el pijama de Disney que lleva impreso el rostro del Hada Malvada, parece una niña que duerme pacíficamente. La mano derecha de Ida reposa en mi mano izquierda, la mano derecha de mamá en la izquierda de Ida, mi mano derecha en la mejilla de mamá, y las tres esperamos las sirenas.

Parte 3

Sirenas. Hospital. No percibo nada correctamente. Todo es demasiado luminoso y sonoro. Y demasiado rápido. Demasiadas preguntas que no sé contestar. Demasiadas palabras que no entiendo. Intoxicación. Desintoxicación. ¿Sois sus hijas? ¿Dónde está vuestro padre? ¿Cuánto tiempo lleva inconsciente? Me siento enferma, quiero acostarme. Yo también quiero estar en una cama como mamá. Que me ayuden. Tengo tanto veneno dentro de mí... Yo también quiero una desintoxicación. ¿Cómo se siente una después de una desintoxicación?

Todo pasa de largo ante mí, e Ida me saca del edificio.

Autobús. Dormir. Quiero dormir.

Ida: Tenemos que bajar. Despierta.

No quiero levantarme, no puedo. Mis piernas. Ella me arrastra fuera.

Ida: Ven, Tilda, 500 metros más y lo habremos conseguido. Estaremos en casa, y podrás acostarte.

Me arrastro, o Ida me arrastra a casa, cada paso duele.

Me dejo caer en mi cama.

Ida: Estás ardiendo, tienes 39,9.

Hay un caballo. Un hombre montado en el caballo. Un hombre alto de rizos castaños, con una túnica verde oscuro. ¿Un caballero? Lo miro a la cara. Es mi padre. Baja la vista hacia mí, pero no parece reconocerme, aunque me mira directamente a los ojos, que son los suyos. ¿O me ignora? Vuelve sus ojos castaños, que son los míos, hacia una mujer que viene hacia él. La mujer tiene el pelo rubio y largo y lleva un vestido rojo. Los dos se sonríen, y hay tanta calidez entre ellos que me quiero morir. Mi cuerpo arde y me duele cuando veo cómo iza a la mujer hasta el caballo y ella le rodea la cintura con los brazos. Mi padre y la mujer se vuelven hacia dos chicas que vienen hacia ellos. Una tiene el pelo rubio, largo y liso como la mujer, y la otra tiene el pelo castaño y rizado como mi padre. ¿Van a subir también a las dos chicas al caballo? ¡No, no puede ser! El caballo no puede llevar a tanta gente. Es demasiado peso. Las chicas podrían tener su propio caballo. Y la mujer. Entre las tres, pesan como mucho 140 kilos. Igual que un hombre gordo. Grito: «¡No! ¡Eso es maltrato animal!». Pero no me escuchan. Bramo con todas mis fuerzas: «¡No!». Pero no me escuchan, y los cuatro se alejan de mí. Me siento mal, tiemblo y lo intento una última vez. En voz baja pero clara, se me escapa un gemido: «Papá». Pero él no me oye o no me quiere oír, y se marcha trotando con las tres mujeres. Vomito. Vomito, aunque ya no tengo nada en el cuerpo. Solo vacío. Y aun así sigo teniendo arcadas, porque duele mucho. El dolor debe salir. Una mano en mi frente. La mano es pequeña y fría. La mano me aparta de la cara el pelo húmedo.

40,2.

Una voz de niña: Tilda, estoy aquí. Todo irá bien.

Veo a otra niña con una mochila de colegio con delfines impresos. Viene por la Fröhlichstrasse. Miro la cara triste de la niña de largas trenzas castañas, hechas dos días antes. La veo caminar por el bordillo, siempre dos pasos por adoquín. Duda cuando está delante de la casa, arranca una rama de lavanda, la huele, la tira al suelo y la pisa. Para que el asfalto también huela bien. El aparcamiento que hay delante de la casa está vacío. El domingo, el padre de la niña dijo: «Me voy», y se fue. Simplemente se subió al Volvo y se fue. Y hoy es viernes. La madre lleva llorando desde entonces. Llora todo el día. Y toda la noche. La niña se pregunta si la madre duerme. Cuando la niña llega del colegio, la madre está tumbada llorando en la cama o en el sofá. La mayoría de las veces llora muy bajito, casi no se la oye. El llanto parece sustituir en ella a la respiración. A veces solloza ruidosamente. Entonces la niña se sobresalta. La niña se pregunta cómo puede llorar tanto su madre. Cuántas lágrimas tiene dentro del cuerpo. La niña no llora casi nunca y, cuando lo hace, es muy poco rato y muy bajito. Seguro que su madre tiene que beber mucho para poder producir tantas lágrimas, piensa la niña. Pero, en realidad, la madre no bebe. La madre no bebe ni come desde el domingo. La niña abre la puerta de la casa. Dentro huele a lágrimas grises. La niña va a la cocina y echa cereales en el cuenco azul y amarillo pintado con caras sonrientes. La leche está estropeada, así que solo echa una cucharadita. La madre está tumbada en el sofá y se fuerza a esbozar una sonrisa triste, se sienta y le da unas palmaditas en el hombro a la niña.

La madre: Gracias, mi pequeño ángel.

Una al lado de la otra, madre e hija toman su exigua cena.

A la niña le cuesta cada vez más tragar la pasta masticada de cereales, y en realidad solo quiere saber una cosa. Desde hace cinco días, quiere hacerle esa única pregunta a su llorosa madre, pero tiene tanto miedo a la respuesta que se la traga una y otra vez, como la pasta de cereales, que se come demasiado deprisa y que, sin leche, se le atasca tanto que le cuesta respirar.

Antes de que sea demasiado tarde y la niña se ahogue, pregunta sin respiración:

—¿Papá va a volver?

La madre se encoge como si la niña le hubiera pegado.

Mamá: No, no somos lo bastante buenas para el señor profesor.

Frío y humedad en la cara. Eso sienta bien.

Yo: Más. Me arde la sangre.

41,3.

Voz de niña: Un baño frío.

Agua fría en todo mi cuerpo, alguien intenta apagar mi fuego. Quiero dar las gracias, pero no tengo fuerzas. Mi padre, Ida y yo estamos en la piscina. Llueve a cántaros. Estamos solos. Jugamos a la foca en el centro, yo soy la foca y no consigo quitarles la pelota. Ida se ríe. Llama «papá» también a mi papá, y nos parece bien a mí y a mi papá, porque ella no tiene ninguno y en realidad está en su derecho de tenerlo. Ida ni siquiera tiene una auténtica mamá. La lluvia cesa abruptamente. El agua se vuelve turbia, el suelo, de repente pedregoso, desaparece bajo nuestros pies. Estamos en el lago de Baggersee. Otra vez solos. Aparte de nosotros, otros cuatro hidropedales abandonados dan vueltas por el lago. Naturalmente, enseguida los tres nadamos hacia el único que tiene tobogán y lo abordamos.

Ida y yo pedaleamos cómodamente por el lago, mi padre lee un libro, y de pronto las olas se vuelven más grandes, el agua más azul, y el aire cambia. Hay gaviotas volando en círculos sobre nosotros. Estamos en mar abierto. Otra vez solos. Brilla el sol. Ida y yo nos deslizamos enseguida hacia el agua salada y jugamos con el mar.

Nuestro padre nos llama desde el hidropedal: Chicas. ¿Salimos juntos al mar? ¿Qué os parece?

Nos quedamos petrificadas.

Yo: ¿Y qué pasa con mamá?

Padre: Tenéis que abandonarla. No va a cambiar. Creedme.

Ida: ¿Y qué pasa con tu nueva familia?

Padre: Voy a abandonarla.

Yo: ¡No! ¡No puedes abandonar a tu familia para siempre!

Padre: Sí, y vosotras tenéis que decidiros ahora.

Ida y yo nos miramos y pensamos lo mismo, y yo lo expreso.

Yo: No.

Ida: No vamos a abandonar a mamá.

Él se encoge de hombros y se marcha de allí con el hidropedal. Se marcha y nos deja abandonadas a nuestra suerte en medio del mortal mar abierto. «¡Espera!» y «¡Papá!» y «¡Vamos a ahogarnos!», le gritamos, pero él sigue pedaleando impertérrito. «¡Hijo de puta!», «¡Asesino!», le grito, cuando ya no se le ve, y le deseo que lo mate el tiburón blanco.

Ida no debe morir. Es tan joven, y tiene tanta vida por delante... «¡Socorro», grito hasta quedarme sin voz, pero no tiene sentido.

Yo: Lo conseguiremos. Lo conseguiremos todo. Juntas.

Ida: Te quiero, Tilda.

Yo: Yo también te quiero, Ida.

Yo: Agárrate a mi espalda.

Me rodea el cuello con sus brazos, y comprendo que no aguantaré mucho.

Y entonces las dos lo vemos. Hay un barco en el horizonte, acercándose a nosotras.

Niña: 40,1. Ayer 41,3.

Una voz de hombre: Mierda.

Vuelvo a ver a la niña en su escritorio. Un poquito mayor. El pelo castaño le llega hasta los hombros. Delante de la niña hay una vela de cera de abeja, hecha por ella misma, con una abejita de plástico clavada. La niña mira cómo se quema la vela. La señora Baumann ha dicho que hay que regalar las velas a los padres o abuelos, porque los niños y adolescentes no deben jugar con fuego. La niña no tiene abuelos ni padre al que poder regalar la vela. Solo tiene una madre, y no quiere regalarle la vela porque no se merece un regalo. Porque últimamente grita y pega.

La niña vuelve a oír gritar a la madre. Los gritos aumentan de volumen, y la puerta se abre.

La madre grita: ¿Estás loca? Estás jugando con fuego en nuestra casa. ¿Es que quieres matarnos?

La madre apaga la vela y da una bofetada a la niña. La niña se levanta, coge la vela y le arroja la cera a la madre en la cara.

La niña: No volverás a pegarme nunca.

39,2.

Estoy en la cama. Ida está sentada en el suelo con un libro en el regazo, Viktor está sentado en mi escritorio con su portátil. Al lado de mi cama hay un cubo con agua y pañuelos, nuestra veterana palangana para los vómitos, una botella de agua, una jarra de té y una caja de ibuprofeno. Me estalla la cabeza, cierro los ojos.

Ida, el marino y yo estamos sentados en la playa y miramos el mar, porque estamos en el mar. No hay nadie más. Todo es hermoso y apacible. Una mujer camina a lo largo de la orilla. Se detiene, se vuelve hacia el mar y entra paso a paso en el agua. Conozco su pelo castaño y liso, su andar desgarbado. Mamá. Avanza cada vez más, lucha contra las olas, empieza a nadar torpemente. Quiero ponerme en pie e ir a buscarla, pero no puedo, mi cuerpo no me obedece, tampoco mi voz me obedece. Estoy sorda y muda. El marino se pone en pie de un salto, corre a la orilla, se lanza a las olas y nada hacia mi mamá, que ya ha desaparecido de nuestra vista. Solo veo masas de agua que me azotan el rostro, me revuelcan, no sé dónde está arriba y dónde abajo, las olas me envuelven, tiran de mí y me arrastran mar adentro. El agua salada me llena los pulmones y arde como el fuego. Intento subir, pero no sé dónde es arriba. Una mano me aferra y me iza a la superficie. Veo el rostro del marino. Veo el rostro de Viktor.

Viktor: Tilda, pronto habrá pasado todo. Eres muy valiente.

Me aplica compresas frías y húmedas en la cara, en las piernas, saca la sábana, la cambia. Me incorpora, me sostiene, me quita la camiseta empapada en sudor, me refresca también el torso con compresas frías, me seca con una toalla, me pone una camiseta limpia, vuelve a acostarme y me tapa con la sábana limpia.

—Gracias —le susurro.

Él me quita una lágrima de la cara con su mano grande.

38,9.

Oscuridad. Noche. Dos colchones en el suelo. Ida y Viktor duermen. Deseo con todas mis fuerzas que no sea un sueño.

38,2.

Abro los ojos. Viktor está en mi escritorio ante su portátil. Los dos colchones siguen en el suelo. Entonces ¿no era un sueño?

Yo: Hola.

Viktor se vuelve.

Viktor sonríe.

Viktor: ¿Qué, has vuelto?

Yo: No estoy segura.

Yo: ¿Dónde está Ida?

Viktor: En el colegio.

Yo: ¿Cómo está mamá?

Viktor: Estable. La desintoxicación termina mañana.

Vuelvo a cerrar los ojos.

Un móvil que suena.

Viktor: ¿Ida?

Viktor: Sí, exacto.

Viktor: No, la pasta de conchitas no; por favor, compra sopa de letras.

Entretanto estoy casi segura de que es un sueño. Siento que me estoy pellizcando el brazo. Grotesco.

37,2.

Estoy bajo la ducha.

Primero helada, para espabilarme. Luego llevo el grifo hacia la caliente. Hasta que duele. Con el agua casi hirviendo limpio todo el sudor, las lágrimas, las pesadillas, los dolores de los últimos días. Para no olvidar, de verdad, ni una sola partícula de toda esa mierda, me froto con el «*No more Drama! Peeling* corporal anticelulítico», de Lirene, que huele a café y a caramelo. Me lavo el pelo grasiento con dos enjuagues de champú y empleo la prometedora «Cura regeneradora 2 en 1» de Schwarzkopf. Me lavo los dientes durante cinco minutos, mientras hace efecto la cura, y utilizo el enjuague bucal «Clean&Fresh» de Listerine para librarme del olor agrio a enfermedad y vómito. Me corto, muy cortas, las uñas de las manos y de los pies. Me depilo. Por todas partes. En realidad me depilo pocas veces, pero de alguna manera estoy en vena de cuidados, y quiero dejarlo todo limpio y pelado. Me gustaría raparme la cabeza, pero entonces la carísima cura prodigiosa de tres minutos habría sido en vano. Salgo de la ducha en medio del vapor, me seco, me doy loción corporal con olor a lavanda de Nivea, y no solo mis manos quedan regeneradas. Cuando me pongo el albornoz blanco, me siento un bebé recién nacido. Quizá sí debería raparme la cabeza.

Durante mi renacimiento, Ida y Viktor han regenerado nuestra casa. Todas las ventanas están abiertas, huele a otoño. El lavaplatos y la lavadora están en marcha. Ida friega el suelo de mi habitación y Viktor pone ropa de cama blanca cuando voy a buscar ropa limpia. Es un poco grotesco que, mientras yo me someto a un extenso programa de belleza con los discutiblemente denominados productos para el cuidado corporal de mi madre, una persona casi completamente desconocida limpie mi habitación sudada y vomitada. Y, a continuación, esa persona casi desconocida, pero de alguna manera nada desconocida, me brinda una sonrisa que es, sencillamente, hermosa.

Hay una niebla densa cuando salimos de la casa. El ligero brillo de la niebla deja ver el sol detrás de ella. Tengo la sensación de no haber salido de casa y de haber olvidado por completo lo hermoso que puede ser el paisaje y lo bien que puede oler fuera. La última vez que salí, el otoño solo había lanzado un par de no muy amistosos ataques de mal tiempo y lluvia sobre el pegajoso verano, que se negaba a despedirse. Ahora, otoño y verano parecen haber hecho las paces y muestran su mejor cara en un veranillo. El otoño es mi estación favorita. Invierno, primavera y verano también están bien, pero el otoño es mágico. El otoño es un mago que lo hechiza todo. Envuelve el mundo en viento, niebla y lluvia, y huele a vida. El verde se convierte en fuego. A veces el fuego parece pardo y gris en un día lluvioso. Pero luego, durante ese día pardo y gris, sale el sol de la tarde, y todo resplandece, dorado, y centellea. Y ese aroma. Magia.

Aspiro hondo la niebla dentro de mi cuerpo, me subo a su barco y deseo partir hacia otro destino. Desearía tener por delante un largo viaje en coche, pero mientras aún estoy imaginándome ese viaje a través de la lluvia, con calefacción en el asiento, mala música en la radio, libros, parada en el McDonald's, ya estamos en el aparcamiento del hospital. Ida se baja. Viktor y yo nos quedamos sentados. Ida me abre la puerta.

Ida: ¿Venís?

Salto fuera.

Viktor niega con la cabeza: Os espero aquí.

Mierda. Soy tan poco sensible.

Yo: No hace falta que esperes. Podemos volver en autobús.

Viktor: El aparcamiento está bien, simplemente no quiero entrar.

Ida va por delante, yo la sigo, casi me sobresalto cuando Ida, que me guía hacia la habitación, saluda a un médico que viene hacia nosotras, y pienso, mientras sigo a esa cosa pequeña, de pronto tan segura de sí misma, en Viktor, que, mientras espera en el coche, en el aparcamiento del hospital, piensa en su familia, y me odio por exponerlo a una situación así y por no haberle contado aún lo de Ivan. Ida se detiene delante de la habitación número 326. No me gustan los hospitales, y sobre todo visitar enfermos. Mamá está aquí por tercera vez, la segunda por sobredosis. La otra vez se cayó, borracha, encima de una botella rota.

Ese momento antes de abrir la puerta de la habitación de un enfermo. El horror. ¿Qué me espera cuando abra la puerta? Tubos que meten y sacan cosas del cuerpo por alguna razón. Una repugnante mezcla de olores. Desinfectante, sudor, comida de hospital, mierda, orina. Y sobre todo una persona a la que una quizá no quiere ver así, con un camisón de hospital y sin nada debajo. Débil, sin lavar, apestosa, durmiendo. Pero, cuando abro la puerta, mamá está despierta, vestida con vaqueros y un jersey rosa, sentada en su cama mirando un programa de cocina de la ZDF. Tiene un aspecto fresco. El pelo le brilla como después de una «Cura regeneradora 2 en 1» de Schwarzkopf, y hasta se ha maquillado los ojos.

Mamá: Hola, ratoncitas mías.

No puede estar hablando en serio.

Ida: ¿Cómo estás?

Mamá: Bien. Me siento renacida. Depurada por dentro. Echando de menos ir a casa. Y por supuesto a vosotras.

Sus palabras suenan como ensayadas.

Ida y yo nos miramos.

Yo: Mamá, has intentado matarte hace pocos días.

Mamá: No, qué tontería.

La miro enarcando las cejas.

Yo: ¿Xanax?

Mamá: Tuve un mal día, ese cabrón se había largado, solo quería dormir.

En atención a Ida, no respondo.

Mamá: Voy a hacer esa parrillada de carne en cuanto llegue a casa.

Llaman a la puerta.

La doctora entra y no pierde el tiempo en cumplidos.

Doctora: Señora Schmitt, la desintoxicación ha terminado. Tiene que decidir si ingresa en una clínica para hacer una terapia o no. Le recomiendo mucho la estancia en una clínica. Podemos recomendarle alguna.

Mamá no quiere oír tal cosa, sacude la cabeza con vehemencia y se agita, nerviosa. Tiene miedo.

Doctora: Puede discutirlo con sus dos hijas.

Es Ida la que, cuando la doctora sale de la habitación, da un paso hacia mamá, la mira de frente y empieza a hablar alto y claro.

Ida: Tienes que decidir sola si vas a la clínica o no. Sabemos que no vas a conseguirlo sin ayuda, y sabemos que nosotras lo conseguiremos sin ti e incluso contigo.

Me doy cuenta de que Ida tiene que haber escrito de antemano y haberse aprendido de memoria su alocución. No cabe duda de que su discurso no impresiona a mamá, pero a mí sí.

Mamá: Quiero ir a casa.

Yo: Muy bien. Entonces vámonos.

Él está apoyado en su coche, y fuma.

Mamá: ¿Este es vuestro amigo Viktor? Buena presa, Tilda.

Me gustaría tirarla contra los cubos de basura por ese comentario, pero aún está demasiado débil.

Él me coge la bolsa, le da la mano a mi madre, se presenta y deja la bolsa en el maletero.

Ida y yo no queremos se vaya, pero tiene que irse, porque yo ya no tengo fiebre y mamá ha vuelto.

Ida es la primera en abrazarlo. Luego nos quedamos el uno frente al otro, nos miramos, él da un paso hacia mí y me coge del brazo. Susurro un «gracias»; él no susurra nada, pero me acaricia la mejilla y pasa el pulgar por la cicatriz. Luego se va. Yo me quedo mirándolo y siento que no revolotean mariposas en mi estómago. Ni una. No. Al menos hay una gorda libélula que indaga en mi interior a gran velocidad. Y me da miedo lo que se siente.

Durante la cena mamá está alterada, habla demasiado. De lo rico que está el pan, del horrible pan negro del hospital, de la amable enfermera Carmen, la estúpida enfermera Lisa y la estúpida doctora a la que, probablemente, solo la considera estúpida porque le dice la verdad y le aconseja una ardua privación. Su cháchara me pone nerviosa, pero de alguna manera también me da pena, porque sé que la locuacidad se debe a su inseguridad. Está insegura porque Ida y yo no estamos habladoras, pero es que no tenemos ningún papel en ese espectáculo. Después de la sobredosis y de esa nota cuadriculada con el «SORRY», nos negamos a hacer como si todo estuviera bien.

Ida: ¿Y cuándo vas a volver a empezar a beber?

No sé quién se sobresalta más, si mamá o yo.

Mamá: Ida, ¿a qué viene eso?

Ida: Solo me pregunto qué piensas hacer. No quieres una cura, así que ¿vas a seguir bebiendo?

Mamá, tan locuaz hace solo un momento, se queda sin habla y me mira en busca de ayuda. Pero yo no la voy a librar, y la miro expectante como Ida.

Mamá: A partir de ahora no voy a beber nada. Me siento bien, y lo conseguiré incluso sin cura.

Sacude la cabeza con una risa falsa.

Mamá: Esto no ha sido más que un patinazo. Os comportáis como si fuera alcohólica.

Ida y yo nos echamos a reír. Aunque el «patinazo» no ha cambiado a mamá, al menos Ida sí parece haber experimentado una enorme transformación.

Cuando me acuesto en mi cama, blanca, recién cambiada, y aprieto la nariz contra la almohada, que huele un poquito a Viktor, y un viento suave, que huele a lluvia de otoño y a hojarasca húmeda, entra por la ventana de mi habitación, me siento distinta. Como más ligera, como si realmente hubiera perdido o expulsado algo durante la fiebre. Algo pesado alrededor de mi vientre, que siempre estaba ahí, parece haber desaparecido. No consigo evocar al momento esa sensación de pesadez. Se ha ido. De veras se ha ido. Respiro hondo y lleno de aire de otoño un abdomen en el que ahora hay más espacio.

Unos golpecitos.

Ida abre la puerta y desliza su colchón dentro de mi cuarto.

Ida: Creo que hoy no debes dormir sin que nadie te vigile. Por si vuelve la fiebre.

Yo: Vale.

Antes siempre dormíamos juntas. No sé cuándo Ida dejó de meter su colchón en mi habitación por las noches.

Yo: Como antes.

Ida: Sí, como antes.

Las dos estamos tumbadas de espaldas, y guardamos silencio como si durmiéramos, pero sabemos que ninguna de las dos podemos dormir de espaldas.

Ida: Tilda, ¿estás dormida?

Yo: No, ¿y tú?

Ida: No.

Ida: Viktor dice que puede ser que vengan los servicios sociales.

Yo: Hum. ¿Tienes miedo?

Ida: Un poquito. ¿Y tú?

Yo: Un poquito.

Ida: Viktor dice que solo deberíamos ser como somos siempre.

Yo: Hum.

Ida: Viktor dice que entonces no tendríamos nada que temer.

Yo: ¿Eso dice Viktor?

Ida: Sí, dice que no deberíamos tener miedo y que tengo que hablar de ti.

Yo: ¿Tú tienes que hablar de mí?

Ida: De ti como hermana. De que te ocupas de mí, de que cocinas, de que me llevas a la piscina, vas de excursión conmigo, de que siempre estás ahí. Él también declararía y respondería por nosotras.

Yo: Sí que habla cuando está contigo.

Nos quedamos en silencio, y cuando creo que se ha dormido vuelve a tomar la palabra.

Ida: Tendrías que haberlo visto sentado en tu cama cuando volví del colegio.

Sí que me hubiera gustado verlo.

Ida: Como Romeo con Julieta envenenada. Te sostenía la mano. Cuando gritabas, te acariciaba la mejilla y susurraba que él estaba ahí.

Yo: ¿Ya has llegado a la pubertad? No haces más que hablar de estar enamorada. Pero acabas de empezar quinto.

Y entonces me doy cuenta de que realmente Ida ha entrado en quinto curso. ¿Cuándo comenzaron las clases? Mientras estaba con fiebre. Soy una mala hermana, no le he preguntado qué tal es.

Ida: Estoy segura de que está enamorado de ti.

Ida: Nunca he estado enamorada, pero yo creo que solo los enamorados miran como él te miraba cuando íbamos hacia su coche en el aparcamiento del hospital, o cuando saliste del baño en albornoz.

Yo: Oh, Ida. Esto no es una historia de amor.

Pack de tres salchichas, pack de tres salchichas, pack de tres salchichas. Nada más. Ferdinand, adivino, digo «7,47 euros» y miro el rostro carente de emoción de Ferdinand.

Yo: Hola.

Ferdinand: ¿Va todo bien?

Yo: Sí, ¿por qué?

Ferdinand: No has ido a las últimas dos clases, sin justificación, y tampoco estabas en la caja. Ni respondías a nuestros mensajes.

Yo: He estado enferma.

Ferdinand: Bien, entonces hasta mañana.

Yo: Hasta mañana.

Siempre había creído que nadie se daría cuenta en el caso de que yo faltara.

Ida ha vuelto a poner la mesa con los rabanitos atropellados: su plato-firma. Cada día parecen un poquito menos atropellados. Hasta ahora mamá se ha sentado con nosotras las cinco noches siguientes a su estancia en el hospital, pero desde hace cuatro días todo es grotesco. Al contrario de la primera noche, o antes, apenas habla cuando nos hace el honor de sentarse a la mesa. Parece resignada, y no se toma ninguna molestia en iniciar una conversación o en mantener las apariencias. Está ensimismada, come apáticamente dos rebanadas de pan, una con queso y una con jamón, bebe una taza de una infusión, con la mirada perdida. Si contesta a las preguntas, lo hace con monosílabos: ¿Cómo estás? Bien. ¿Vas a volver a trabajar? Encogimiento de hombros. Repite esa rutina todas las tardes sin ninguna variación. Sospecho que ya no son los efectos de la estancia en la clínica, sino el comienzo de una fase depresiva, y ayer la cité con la doctora Meier para que vuelva a darle antidepresivos. Lo que me confunde es que normalmente durante esas fases se abandona por completo, se limita a andar por la casa, no come. No sé qué pensar, pero esa ingesta de alimentos indiferente, robótica, y esa mirada vacía me dan miedo.

Yo: ¿Todo bien, mamá?

Mamá: Sí.

Me meto un rabanito atropellado en la boca y preparo un discurso mientras mastico el bulbo amargo.

Yo: Mamá, quizá me presente a una plaza en Berlín.

Mamá no reacciona, coge la segunda rebanada de pan, le pone jamón y se la come en 21 bocados, su mirada está dirigida a la mesa y se pierde en el vacío.

Yo: ¿Mamá?

Mamá: ¿Hummm?

Yo: ¿Te parece bien que me presente a una plaza en Berlín?

La mirada vacía de mamá sigue puesta en la mesa. Para mi desconcierto, coge una tercera rebanada de pan, le pone queso y repite el procedimiento de metérsela en la boca como si yo no le hubiera hablado.

Yo: ¿Mamá?

Después del undécimo bocado, hace una pausa. Sigue teniendo la mirada vacía y habla en voz baja:

—Vete a Berlín. Ya eres lo bastante mayor.

Yo: ¿Y te las arreglarás aquí sola con Ida?

La pregunta la saca de forma abrupta de su trance, y me mira directamente a los ojos. De pronto ya no es vacía, sino ardiente. Agresiva.

Mamá: Me las he arreglado sola durante todos estos años.

Estúpida.

Ida: No. Tilda se las ha arreglado sola.

Mamá: Lárgate a Berlín. No entiendo qué problema tienes.

Yo: ¿Qué pasa con Ida?

Mamá: Ida tiene diez años. Antes, a los diez años se criaban niños.

Yo: No, mamá. Antes, a los diez años no se criaban niños. Y también hay una diferencia entre cuidar de un niño y cuidar de una madre alcohólica. Yo elegiría lo primero.

Mamá: Sí, pero esto no son peticiones del oyente. Puedo asegurarte por experiencia propia que criar niños es una mierda.

Yo: Tú nunca has criado niños, solo los has tenido.

Me mira con los ojos centelleantes. Le devuelvo la mirada.

Mamá se levanta, se va y cierra de un portazo.

Ida se estremece, mira hacia la puerta y luego a mí.

Yo: Al menos esto la ha sacado un poco de su estupor.

Ida: Vuelve a necesitar pastillas, ¿verdad?

Yo: Ya he concertado una cita con la doctora Meier.

Para Ida, las fases depresivas, los antidepresivos y la doctora Meier forman parte de la normalidad, como las botellas de vodka. No conoce a la antigua mamá, que era distinta, pero a la que yo casi tampoco conozco. Enseguida sabe lo que significa que mamá tenga esa mirada gris, vacía, ande de un lado para otro y no coma, no hable. Sabe que entonces mamá necesita una cita con la doctora Meier, y sobre todo pastillas. Años atrás, cuando mi padre nos abandonó y ella empezó a tener esa mirada gris, a tumbarse por las esquinas y a no comer, a no hablar, yo no sabía qué hacer. Ella estaba cada vez más delgada y pálida. Yo solo sabía que no podía ayudarla, que no se comía la comida que le servía en la mesa del comedor, que no miraba sus queridas películas de Disney que yo le preparaba. Sabía que alguien distinto de mí tenía que ayudarla. Así que busqué en la guía telefónica el número de la doctora Meier, la médica de familia, que tenía su consulta al lado de mi colegio, y a la que yo iba siempre que me vacunaban. Le expliqué a la doctora Meier que mi madre estaba muy mal, y media hora después la doctora se pasó por la Fröhlichstrasse. Se sentó en el sofá con la paciente y me dijo que me fuera a mi habitación mientras hablaban. Mamá tuvo sus pastillas y una semana después estaba un poquito mejor. Desde entonces, pido cita con la doctora Meier en cuanto vuelve a encontrarse mal. No es posible pensar en una psicoterapia para ella, aunque la doctora Meier se la recomienda una y otra vez.

Ida y yo echamos mano a la vez al último rabanito atropellado y nos entra la risa. Lo dejamos donde está.

Yo: Saben fatal, ¿no?

Ida asiente.

Ida: ¿Por qué le preguntas a mamá si puedes ir a Berlín?

Yo: ¿Qué quieres decir?

Ida: Nunca le preguntamos a mamá si podemos hacer algo.

Como para subrayar su enunciado performativo, se levanta y saca el tarro de Nutella del armario.

Yo: ¿Tengo que preguntarte a ti si puedo ir a Berlín?

Ida se unta una tostada con una capa extra de Nutella, elude mi mirada, se levanta, la pone un segundo en el microondas y dice en voz baja «puedes», de espaldas a mí, como si se dirigiera al microondas. En realidad, no debe cenar ese plato favorito creado por ella misma, pero quizá ahora ya no pueda prohibírselo. Vuelve a sentarse frente a mí, dobla en dos la tostada y le da un gran mordisco. Solo entonces me mira, con una sonrisa diabólica, y la Nutella líquida se le escurre por las comisuras de los labios.

Yo: ¿Crees que conseguirás salir adelante con mamá estando sola?

Ida me mira con la boca llena, con la boca marrón de Nutella, mastica tranquilamente, mientras mueve la cabeza de una lado a otro, traga y asiente:

—Sí.

La creo, y asiento. Ida lo conseguirá, ha cambiado, y me pregunto cuándo ha sucedido exactamente. ¿Desde que está en el nuevo colegio? En verdad ha sido antes. Pienso en las bolsas de basura, en las mesas puestas para la cena, en cómo saludó al médico en el hospital y puso a raya a nuestra madre, y sobre todo en cómo me cuidó, y pidió ayuda a Viktor. Por supuesto que me he dado cuenta de todo eso y me ha alegrado, pero estoy acostumbrada a no dar demasiada importancia a los pasos concretos, a no poner demasiadas esperanzas en un cambio a largo plazo. Sé lo rápido que puede dar la vuelta todo, hasta qué punto y con qué furia se puede retroceder después de dar un paso en una buena dirección. Pero Ida no es mamá.

Ida: ¿Cuándo empieza exactamente lo de Berlín, el año que viene?

Yo: ¿En enero?

Ida asiente, y veo que traga saliva y parpadea varias veces. Que me refuerce en mi idea, aunque tiene miedo y no quiere que me vaya, me hace parpadear también a mí. Ida solo tendrá el colegio y esta casa, a mamá. Me pregunto si se siente bien y segura en el colegio. Hasta ahora ha hablado poco de eso. Cuando le pregunto durante la cena cómo le ha ido en el instituto, la mayoría de las veces se limita a decir «bien».

Yo: ¿Cómo te va en el nuevo colegio?

Ida: Bien.

Yo: ¿Bien?

Ida asiente.

Yo: ¿Tienes amigos?

Ida: Sí, tengo una amiga.

Yo: ¿Cómo se llama?

Ida: Samara. También vamos juntas a clase de pintura.

Yo: Guay, me alegro.

Sabía que el instituto iba a gustarle más.

Ida: ¿Cómo te va con Viktor?

En ese momento me como el último rabanito atropellado, que sabe tan amargo como era de esperar, y me encojo de hombros:

—Ni idea. No he vuelto a verlo desde entonces.

Nunca nos hemos intercambiado los números, de alguna manera no se ha dado la situación, y no quiero pedírselo a Ida. Él también puede preguntar. He pensado un par de veces en dar un paseo por la urbanización, y ayer me encontré de pronto en su calle, aunque lo que de verdad quería era ir al bosque. Pero he pasado de largo por la casa delante de cual estaba aparcado su Clase G porque no sabía qué quería realmente de él, y porque tenía miedo de que volviera a echarme.

Ida: Ahora va siempre a la piscina cubierta, quizá lo veas allí.

Ida quiere ir esta tarde a clase de natación. Segundo intento. De manera espontánea, me decido yo también a nadar unos cuantos largos, aunque en realidad todavía me siento demasiado débil. Su coche no está en el aparcamiento de la piscina cubierta. Cuando veo a Ida desde fuera, por el ventanal, haciendo cola entre los otros niños, y percibo el nerviosismo y la inseguridad en los rasgos de su rostro y sus movimientos cautos, me da un brinco el corazón, y una gota de lluvia me corre por la mejilla. Ida con su bañador rojo con puntitos blancos. Los otros niños llevan trajes de baño deportivos, más sencillos, y un gorro de natación. De algún modo, sabía que esta vez lo conseguiría.

Nado unos cuantos largos, tengo que hacer pausas, y durante una pausa al borde de la piscina veo de pronto a Viktor, de pie en el poyete, que parece buscar a alguien; me oculto rápidamente bajo la superficie del agua, buceo hasta el fondo, me siento en el suelo. Él se lanza directo hacia mí, me sonríe, me acaricia la mejilla y se marcha nadando. Yo me quedo sentada hasta que me falta el aire, me lanzo en dirección al borde de la piscina y me siento en el banco de hormigón junto a un par de madres helicóptero que vigilan a sus hijos, a veces miro a Ida, pero la mayoría del tiempo a Viktor. Después del largo 22 sale de la piscina, su mirada se encuentra con la mía, viene hacia mí y se sienta a mi lado. No hemos vuelto a hablar desde la fiebre.

Yo: Ya pensaba que te había asustado y habías vuelto a desaparecer.

Él ríe secamente, mira el reloj digital con termómetro que hay en la pared: 18.46, 26 °C, y murmura:

—Sin ti, hace mucho que habría desaparecido. —Y luego, alzando más la voz—: Gritaste mi nombre un par de veces.

Me sonríe con desvergüenza.

Tengo la palabra preparada, pero no quiere salir. Sencilla. Completa. Rápida. Una palabra, siete letras.

Yo: Gracias.

También estoy preparada para el caso de que plantee la innecesaria pregunta: «¿Por qué?».

Viktor: De nada.

18.51, 26 °C.

Pasa el brazo a mi alrededor de mis hombros, con mucho cuidado, como si tuviera miedo de que le diera una descarga eléctrica. Su mano derecha se posa en mi hombro derecho, y apoyo la cabeza en su hombro derecho. Y así nos quedamos 23 minutos, mirando a Ida durante su clase, viendo a los niños nadar a crol, practicar espalda y al final jugar al quetepillo, viendo a Ida reírse a carcajadas, a los niños despidiéndose al final chocando los puños y a Ida correr hacia su mochila, quitarse los anillos de buceo y correr hacia nosotros con su bañador rojo con puntitos blancos.

Ida: Hola, Viktor.

Viktor: Hola, Ida.

Ida: ¿Nos quedamos un poquito más?

Yo: Diez minutos.

Es la orden de mando para su entrada en trance de buceo.

Viktor y yo miramos bucear a Ida como dos madrazas.

Viktor: ¿Ha estado ya en el mar?

Yo: No.

Guardamos silencio y seguimos mirando a Ida.

Viktor: ¿Has pensado en cómo se pondría de loca si viera el mar?

Yo: Todos los días.

Silencio.

Viktor: ¿Quieres que vayamos al mar?

Lo miro, pienso en la propuesta que me hizo su hermano tiempo atrás de ir a Croacia pasando por Eslovenia en el coche de su familia, de ir por Liubliana a Piran, junto al mar, y luego a lo largo de la costa hacia Croacia. Pula, Medulin, Rijeka. Cuando me enteré del accidente y de la muerte de Ivan y su familia, después de pasar un día inmóvil sentada en mi cama, escribí con un Edding los nombres de esas ciudades en el interior de mi ropero. No quería olvidar sus palabras ni la ruta. Liubliana, Piran, Pula, Medulin, Rijeka. Me pregunto si sería un error hacer con Viktor lo que ya pensaba haber hecho con su hermano, pero no es lo mismo, y me voy a reservar para mí la ruta de Ivan. Estoy segura de que a Ivan le parecería bien que fuera con su hermano y mi hermana al mar, que incluso querría que lo hiciéramos, y yo también quiero.

Me gustaría ponerme en pie de un salto y gritar «sí», aunque me limito a asentir con la cabeza. Él no me ve asentir, porque está mirando el reloj-termómetro. Pero no quiero decir «sí» porque tengo miedo de que se me quiebre la voz.

—¿Eso es un «no»? —pregunta Viktor, y me mira.

Yo cambio mi gesto de asentimiento por otro de negativa, y ahora tengo miedo de que me malinterprete, y por eso me atrevo a decir:

—Quiero ir al mar contigo y con Ida.

Se me quiebra la voz. Lo sabía.

Una lata de piña en rodajas, Leo Crisp Gut&Günstig, *farfalle* Gut&Günstig con salsa de queso y hierbas, pan tostado, leche entera, flan de gelatina verde, crema de vainilla del Dr. Oetker, queso en lonchas, jamón cocido, un manojo de rabanitos. Ida, adivino, digo «13,01 euros» y miro el alegre rostro de Ida. Estoy impresionada. Como siempre, me pone en la mano el dinero justo sin decir palabra y coloca las cosas de manera muy ordenada y pensada en el carrito.

Yo: Habría podido escribirte una lista.

Ida: Cuando voy a comprar yo, yo hago la lista.

Coge la nota cuadriculada de tamaño DIN A5 del soporte del carro y me la enseña. Creo que Ida es la primera clienta que utiliza ese soporte para la nota. Se ha puesto mi camisa de cuadros de color lila, y lleva un bolígrafo en el bolsillo izquierdo. Como una médica. Y su minicalculadora, lo sabía.

Ida: A mí tampoco me apetece tomar más espaguetis con salsa de tomate. ¿Sabías que Gut&Günstig también tiene ultracongelados como... Espera.

Mira su lista.

Ida: ¿... Pollo Shanghái, *fetuccini* con salsa de queso y nata, Bami Goreng o paella? ¿Por qué no los traes nunca?

Yo: ¿Demasiado exóticos?

Ida: ¿Puedo llevarme alguno la próxima vez?

Yo: Sí. Es tu lista.

Una Ida sonriente de satisfacción vuelve a pinzar la nota en el soporte.

Ida: Muy bien.

Ida: Hasta luego.

Yo: Adiós.

Mientras paso las siguientes cosas por la cinta, observo a Ida meter la compra fuera en su mochila de Snoopy, sacar la lista del soporte, plegarla varias veces, guardarla en el bolsillo y colocar el carro en su sitio. Observo a Ida emprender el camino a casa con la mochila repleta, la camisa que le llega hasta las corvas y las deportivas recién lavadas, que vuelven a ser blancas, me pregunto cómo sabrá el pollo Shanghái y la decisión que tomo en ese momento me sienta bien.

Profesor Klein: ¿Lo ha pensado?

Pienso en Ida, en el pollo Shanghái y en su lista de la compra, donde incluso había mandarinas, y pienso en Berlín y en las matemáticas y en la biblioteca de la universidad y en un piso de una habitación en la ciudad, quizá con un pequeño balcón, y digo:

—Sí.

Profesor Klein: ¿Y bien?

Yo: Sí.

Profesor Klein: Qué bien.

Yo: Sí.

Cuando camino por la Fröhlichstrasse, veo la cabeza rizada de Ida en la ventana, que desaparece justo cuando voy a saludar. En la cocina no está esperando la mesa puesta para la cena, sino tres platos con una tostada hawaiana cada uno, coronada por un rabanito atropellado. La cocinera está sentada a la mesa y me mira.

La primera vez que cocina Ida, si a eso se le puede llamar cocinar. Y la primera vez que mamá no se sienta a la mesa desde hace cinco días.

Ida: ¿Quieres ir a buscarla?

Voy al salón y me siento al lado de mamá, que está tumbada en el sofá.

Están poniendo *La cena perfecta*, que esta semana tiene lugar en Colonia. Hoy cocina Philippa (27). Su casa no es como me imagino la casa de alguien de veintisiete años. Techos altos de hormigón, grandes ventanas, todo encaja, modernísimo, minimalista. Todo beis. De alguna manera, carente de vida. En una palabra.

Yo: Perdona.

Philippa es estudiante de Magisterio. Su pinche de cocina es su prometido. Mark. Mark es mucho mayor que Philippa y parece más o menos tan vivo como la decoración de interiores de Philippa.

Mamá: Perdona.

Philippa sale al balcón y recoge cilantro y guindilla. Desde el balcón de Philippa se ve la catedral de Colonia. Philippa cuenta que adora Japón.

Yo: El lunes a las diez tienes cita con la doctora Meier. Vuelves a necesitar pastillas, ¿no?

Mamá asiente.

Mamá: Gracias.

Los huéspedes leen el menú de la anfitriona:

El lema de Philippa es «UMAMI». Entradas: cebollas con mantequilla de miso, zanahorias moradas, setas de ostra estilo Yakitori. Principal: ramen *tantanmen* con verduras de cooperativa, *tamago*, *crumble* de tofu y aceite de guindilla crujiente. Postre: *financiers*, helado de caramelo salado.

Yo: Ida ha hecho la cena.

Yo: Tostada hawaiana.

Mamá suelta una risita.

Yo: ¿Vienes?

Mamá me enseña el dedo.

El domingo, Ida y yo estamos en la cocina, mamá en el sofá, con el televisor encendido. Ida está embebida desde ayer por la tarde en una nueva novela, mientras yo escribo mi trabajo de fin de máster. Ha leído todos los libros que saqué prestados para ella, y el viernes fue a la biblioteca a devolverlos por primera vez, y se hizo con nuevas provisiones. Cuando la vi por la ventana volviendo a casa con la bolsa llena, dando dos pasos, o más bien dos saltos, por adoquín, estuve a punto de saltar de alegría.

Yo: ¿El libro es bueno?

Ida no levanta la vista, se limita a asentir. Ida tampoco levanta la vista cuando el barco de Viktor aparca delante de la casa.

Yo: ¿Qué hace él aquí?

Ida levanta la vista un momento, mira por la ventana, me sonríe y vuelve a dedicarse a su libro.

Corro nerviosa hacia la puerta.

Y ahí está él, con sus vaqueros Carhartt azul oscuro y una sudadera lila con capucha. Aún tiene el pelo mojado y enmarañado y, a pesar de su sonrisa arrogante, de algún modo parece como agitado. Un poquito como si estuviera huyendo.

Yo: Hola.

Viktor: ¿Te apetece hacer una excursión?

Yo: ¿Adónde?

Viktor: Ya lo verás.

Odio las sorpresas.

Yo: Vale.

Naturalmente, Ida no quiere venir.

El sol brilla, no hay nubes en el cielo, y el aire es limpio, frío y huele a otoño. ¿Adónde podría ir él? ¿Quizá al mar? ¿A tomar café en la ciudad? No, no va en dirección a la ciudad. Va hacia el polígono industrial. En realidad, el único destino para una excursión allí es el McDonald's.

Yo: ¿Vamos al McDonald's?

Viktor se ríe.

Y entonces sé adónde vamos.

Igual que Barad-Dûr, la fortaleza de Sauron, el rascacielos destaca en el polígono industrial, a las afueras de la ciudad. Siempre habíamos llamado a ese edificio el Bloque o la Torre de los rusos. Yo nunca había estado allí. En el colegio nuestra maestra, la señora Hoffmann, nos había dicho que debíamos evitar esa zona, y especialmente ese bloque. Lo dijo, aunque sabía que nuestra compañera Natasha vivía allí, y aunque de todos modos no había que evitar el edificio, porque estaba al borde del polígono y directamente sobre la autovía. No conozco a ningún otro de sus habitantes más que a Natasha, Viktor e Ivan. Pero sí las historias que se cuentan de la casa y de sus habitantes. Que allí solo se habla en ruso, que allí se celebran peleas de perros, que en el parque que rodea el edificio la gente se inyecta heroína. Marlene quería ir a toda costa para ver todo aquello, pero yo me oponía. Tampoco habría querido que la gente viniera a la Fröhlichstrasse a ver la triste casa en la que, entre otras personas, vive la alcohólica que tiene una hija sin padre, y, además, de niña había visto casualmente aquel reportaje, tremendamente perturbador, sobre un perro de pelea que había matado a mordiscos a un bebé en un banco de alguna ciudad alemana.

¿Qué busca allí?

Y entonces aparcamos delante del McDonald's.

Yo: Por un momento pensé que íbamos al rascacielos.

Viktor: También vamos a ir al rascacielos, pero aparcaremos aquí, y voy a pillar un café. ¿Quieres tú también uno?

Yo: Un McSundae de caramelo.

Bajamos.

Yo: ¿No quieres aparcar allí porque tienes miedo de que te rayen el coche?

Viktor se ríe y niega con la cabeza.

Viktor: Estáis todos tan mal con vuestros prejuicios...

Yo: Entonces ¿por qué aparcas aquí?

Él se encoge de hombros.

Viktor: Porque lo contrario sería descortés y jactancioso.

Vamos hacia la torre con el café y el helado; no tengo ganas de hablar, porque de todos modos metería la pata. El parque que cruzamos tiene un aspecto de lo más normal. Incluso cuidado. En la pista de tenis hay chicos escuchando música tumbados en la hierba, y delante del edificio unos niños juegan al fútbol. No veo perros de pelea por ninguna parte. De cerca, el coloso gris parece todavía más gigantesco, me detengo un momento y miro hacia arriba. Hay flores en una llamativa cantidad de balcones, pero como es lógico no se ven desde lejos. En el interior el ambiente es gris, triste y agobiante. ¿Cómo debió de ser la mudanza a los adosados blancos, sobre todo para los pequeños? Lo sigo al ascensor, y las estridentes paredes amarillas nos gritan. Cada uno de los 32 pisos luce el símbolo de un animal. De alguna manera, los símbolos no encajan con el resto. Esto no es un jardín de infancia.

Yo: ¿En qué piso vivíais?

Viktor: En el último.

Yo: Guay.

Salimos en el piso 32, junto a la chimenea. Vamos a dar a un pasillo gris y angosto, él abre una puerta —no le pregunto por qué sigue teniendo la llave— y entramos en una pequeña estancia llena de herramientas y trastos de limpieza. Estamos el uno frente al otro, nos separan menos de 60 centímetros, y lo miro con expresión interrogativa. ¿A qué viene esto? ¿Va a tomarse un café y un helado conmigo aquí, en esta habitación estrecha y atiborrada, o va a besarme? ¿Tiene esta sala algún significado especial para él? ¿Va a contarme por fin algo de sí mismo? ¿Ha seducido aquí a sus amigas con sus ojos azul gélido, y con esa sonrisa que se extiende por su rostro y que me deja completamente fría? Busco algún comentario mordaz, pero mi cabeza no quiere encontrarlo. No sé cuánto tiempo nos quedamos así. Pero en algún momento él se da la vuelta sin decir palabra y, sin dejar de sonreír, coge una barra que hay apoyada en la pared, abre con ella una trampilla en el techo, tira de una escalera retráctil y trepa por ella. El aire frío entra en el cubículo. Trepo detrás de él. Estamos en la azotea, a unos 100 metros por encima del suelo, y contengo la respiración.

Viktor: Desde aquí arriba esto es precioso, ¿verdad?

Asiento.

Estoy abrumada por lo que se extiende a mis pies, y me permito albergar la idea de que quizá me esperen grandes cosas. El cielo es de un color azul rosado.

Viktor: Ivan tenía diez años, y yo catorce, cuando nuestro padre nos enseñó la azotea. Dijo: «Si supieran ahí abajo que somos precisamente nosotros quienes tenemos las mejores vistas...».

Habla bajo, y tengo que concentrarme para que el fresco viento del otoño no se lleve sus palabras sin ser oídas. Miro cómo mira el cielo de la tarde.

Viktor: Por entonces Ivan estaba pasando una mala época en el colegio, y subir al último piso fue la reacción de nuestro padre frente a aquel problema.

Pienso en Mufasa y en Simba, y me pregunto qué les diría el padre de Viktor a sus hijos al contemplar estas vistas.

Yo: ¿Qué dijo?

Cuando ya creo que no responderá a mi pregunta, me equivoco.

Viktor: Algo así como «debéis ser conscientes de que esta perspectiva es vuestro punto fuerte. Quizá no tengáis una casa bonita, una casa de verdad, como los de ahí abajo, pero por eso mismo tenéis que aprovechar las posibilidades que tendréis aquí y encontrar vuestro sitio».

Ivan nunca hablaba de sus orígenes. En una ocasión le pregunté cuándo se habían mudado aquí y se limitó a encogerse de hombros.

Yo: ¿Cuándo os mudasteis aquí?

Viktor: Ivan tenía cinco años y yo nueve.

Cuando Viktor se muestra excepcionalmente locuaz, tengo miedo de hacer demasiadas preguntas.

Yo: ¿Y por qué?

Viktor: Creo que sobre todo por nosotros. Querían que tuviéramos un futuro mejor.

Me pregunto si este es el momento de contarle lo de la última tarde con Ivan, y veo dos grandes bandadas de pájaros que se aproximan, se reagrupan y vuelan juntas hacia el sur. ¿A qué país se dirigirán? Tomo la mano de Viktor, porque está bien así, y la aprieto ligeramente.

Por aquel entonces estaba obsesionada con la película *Volando libre*, y no sé si deseaba más tener esos gansos salvajes o al loco del padre de Robert.

Yo: ¿Crees que a los pájaros les alegra la idea de ir al sur?

Viktor: Seguro que sí. Seguro que para ellos es como unas vacaciones.

Yo: Pero ¿por qué vuelven siempre?

Él se encoge de hombros.

Viktor: Aquí también se puede estar muy bien, ¿no?

Asiento.

Nos sentamos muy al borde y miramos los pájaros. En el cielo se reúnen cada vez en mayor número, componiendo locas formaciones tridimensionales, como si lo hicieran expresamente para nosotros. En el aire flota un mágico ambiente de partida.

No puedo tomarme el helado porque mi mano sigue descansando en la suya. Y a veces hay que decidir. Dejo el helado en el suelo.

Yo: Voy a presentarme a una plaza en Berlín.

Viktor: ¿Qué clase de plaza?

Yo: Una beca de doctorado en Teoría de la probabilidad.

Viktor: Guay.

Volvemos a quedarnos en silencio.

Viktor: Estoy vaciando la casa. He empezado hoy.

Yo: Guay.

¿Guay? Soy idiota.

Yo: O sea, guay no. Pero bien. Correcto.

Yo: ¿Puedo ayudar?

Viktor se encoge de hombros.

El sol se pone, y el cielo ahora es de color fucsia. Me concentro en no olvidarme de respirar ante tanta belleza. Sin el sol, hace frío de verdad. El poquito de helado en mi estómago me da la puntilla. Estoy congelada, pero no quiero bajar. Quiero quedarme aquí arriba. Desde aquí arriba, todo lo de abajo parece tan pequeño... Desde aquí arriba, mamá no es más que un puntito entre muchos, sin importancia, teniendo en cuenta que en ese mismo instante una bandada de aves migratorias parte hacia el sur en el cielo fucsia. Desde aquí arriba no se puede ver si un punto bebe alcohol o bebe zumo, si está bebiendo algo, y tampoco se oye lo que el punto dice. No es más que un punto.

Viktor me rodea con su brazo, y yo decido quedarme aquí arriba definitivamente. Me pego a él, apoyo la cabeza en su cuello y me pregunto por qué no lo beso de una vez, si es eso lo que quiero.

Ahora. Ahora. Ahora.

Me libero de su abrazo, tomo su rostro entre mis manos; se estremece. Su piel es cálida y áspera.

Viktor: Estás helada.

Por fin miro sus ojos de cerca.

Yo: Estás helado.

Él me pone la mano en la mejilla. Está caliente. Yo aparto mis manos de su rostro, me cruzo de brazos y lo miro desafiante. Aún tiene la mano posada en mi mejilla. No me mira a los labios, me mira a los ojos, no va a besarme. Lo miro con las cejas levantadas.

Yo: ¿Volvemos abajo?

Me acaricia con su pulgar la cicatriz que tengo debajo del ojo, sonríe, vuelve a acercar su rostro al mío. Muy despacio. Y me da un beso de esquimal. Claro. Ya basta. Le sujeto la cara con fuerza y lo beso como es debido. Me tiembla el corazón. Lo sabía. Él responde al beso y me abraza. Luego, nos miramos nariz contra nariz. Tiene unas cuantas pecas entre los ojos que no se aprecian de lejos.

Viktor: ¿De veras la cicatriz que tienes debajo del ojo es por un accidente de bici?

Niego con la cabeza.

Yo: Mi madre me tiró una fuente de cereales.

Me acaricia la cicatriz con el pulgar. Entretanto ha oscurecido, ya no tengo frío, soy feliz, y me duele el corazón.

Por la noche me tumbo en mi colchón, el viento del otoño cae sobre mí, pienso en el rascacielos, en la vista desde la azotea del rascacielos, en el cielo primero azul rosado y después fucsia, en las bandadas de pájaros que se reagrupaban para ir hacia el sur, en Mufasa y Simba, en Viktor, en su beso, y me pregunto cómo olerá el viento junto al mar. A sal. Y a algas. La arena vuela hasta mis ojos.

Entonces, después de que mi padre se fuera y yo durmiera mal con frecuencia y soñara, trataba de influir sobre mis sueños imaginándome historias bonitas poco antes de dormirme. Me imaginaba que mamá y yo íbamos de excursión a un parque de aventuras o volábamos a Mallorca, y allí vivíamos en una finca que, aunque estaba justo al lado del mar, tenía piscina. A menudo funcionaba, tenía bonitos sueños, pero a veces también terribles pesadillas en las que perdía a mamá en el aeropuerto, me subía al avión equivocado y debía escalar en solitario el Everest en medio de una tormenta de nieve cada vez más fuerte, y mierdas por el estilo. Más tarde también intenté influir en los sueños de Ida. En vez de leerle libros, a veces, a la hora de dormir le contaba historias en las que ella era la protagonista. Por ejemplo, era un elfo al que un monstruo había secuestrado por sus especiales poderes mágicos, un joven hechicero la liberaba y se iba con él y sus amigos gigantes al bosque mágico a buscar a su familia de elfos. No sé si funcionaba. Fuera como fuese, durante un tiempo le conté casi todas las noches una historia de Ida, y se dormía antes de terminarla y entonces yo dejaba de contar.

Hoy me imagino que Viktor, Ida y yo hacemos una excursión al mar, mientras el sueño envuelve mi cuerpo.

Chapoteo en la orilla. Me siento en el agua y me dejo mecer por las olas. Viktor nada a crol en el mar. Su estilo resulta aún más impresionante en el mar gris y revuelto. Se desliza como un tiburón por las olas inquietas y frías, hasta que de repente se yergue y se pone de pie en un banco de arena. Está en el banco de arena, mirando al mar abierto, yo lo miro allí de pie, mirando al mar abierto, y entonces siento unas gruesas libélulas que no solo revolotean dentro de mi vientre, sino que también hacen travesuras por todo mi cuerpo. Corren por mis vasos sanguíneos, hacen bombear mi corazón, penetran en mi cabeza, la vuelven muy ligera, después se detienen en mi garganta y me cortan la respiración. Me corren por las piernas hacia los pies, me hacen cosquillas en las plantas y logran que aflore una sonrisa en mi rostro, de la que no puedo defenderme. Me siento totalmente indefensa. Mi cuerpo está como electrizado, y ya no tengo nada bajo control. Trato de contar las libélulas a la desesperada, pero es imposible. Son demasiadas. Nunca he sentido algo tan tremendo y maravilloso. Resulta casi insoportable, pero no quiero que termine. Viktor se da la vuelta y me sonríe.

Cierro los ojos. Mañana le contaré lo de Ivan, aunque tengo miedo y me siento mal al pensarlo.

La candidatura, que había estado tres meses en la carpeta de proyectos, ahora está en la carpeta de enviados. Voy a la casa triste con las alas puestas en ese clic del ratón que se ha hecho esperar tanto tiempo. Delante de la puerta hay un remolque. En el remolque están apoyadas una bicicleta infantil de color verde oscuro y otra pequeña de color rosa con un asiento para bebés o para muñecos en el portaequipajes. No sé si dar media vuelta. Me quedo tres minutos delante del timbre y me pregunto por qué sigue poniendo «Familia Volkov».

Él abre la puerta. Descalzo. Con unos bóxers. Una camiseta sucia. El pelo enmarañado. Ojeras. Se pasa la mano por el pelo.

Yo: Quería ayudar.

Viktor: No tienes por qué ayudar.

Yo: Pero quiero.

Sigue en la puerta, como si tuviera que proteger la entrada de intrusos como yo.

Yo: ¿Prefieres que me vaya?

Una parte de mí espera que diga que sí.

Viktor: No sé.

Me abro paso:

—Entonces ya veremos. Puedes echarme cuando quieras.

Las fotos ya no están en el pasillo. Solo quedan los agujeros, casi invisibles, en los que antaño estaban los clavos de los que colgaban las fotos de la familia Volkov. El salón y el comedor aún se encuentran más vacíos y tristes que en nuestra última visita. El sofá, la mesa del televisor, la estantería, la mesa grande y las sillas aún siguen, pero todo está vacío. Fotos, libros, DVD, y todos los cachivaches que indican la presencia humana, fuera. Todas las puertas y ventanas permanecen abiertas, y un frío viento de otoño sopla en la casa. La noche pasada heló por primera vez, y aquí dentro hace un frío gélido.

Viktor: En principio es muy fácil. Lo metemos todo en el remolque y me lo llevo al punto de reciclaje, los muebles los he puesto en eBay.

En principio es muy fácil.

Viktor: Por suerte no acumularon tantos trastos, porque solo vivieron aquí un año y tenían poco espacio.

Por suerte.

Yo: ¿Y dónde ponemos las cosas que quieres conservar?

Viktor: En la caja de cartón grande.

La caja de cartón grande reina en medio del salón, como un ataúd. Me acerco con cautela, como si en su interior pudiera estar esperándome un animal que muerde, y miro dentro. Ahí están las fotos que había en la pared, encima de todas la foto de Nika cuando entró en el colegio. Nika posa delante de la pizarra, lleva un vestido rojo de cuadros, su bolsa azul con letras pegadas y la mochila rosa de explorador con rositas estampadas a la espalda. Tiene el pelo rubio platino recogido en dos trenzas, y sus ojos azules miran a la cámara. Junto a Nika, recién escolarizada: un sol pintado con pintura para ventanas, un libro de cocina, una foca de peluche.

Quiero decir algo banal, como «¿por dónde empezamos?», o «antes yo también pintaba con pintura para cristales», pero sería estúpido. Así que nos quedamos en silencio en esa casa triste batida por el viento, delante de esa caja de cartón triste. Huele a sol fresco de octubre, y me pregunto cómo olían las pinturas para cristal, porque entonces me gustaba mucho aquel olor.

Quizá debería decir algo que anime, como «todo irá bien» o «el dolor se irá disipando», pero eso sería aún más estúpido, y además cómo lo voy a saber.

Yo: Yo también pintaba en los cristales.

El olor. No puedo acordarme de cómo olía. Solo sé que eran tubos, y que a menudo se secaban como la laca de uñas, y ya no se podían utilizar. De niña, mi padre me regaló un set de pintura para ventanas por Navidad. Nunca me gustaron los trabajos manuales, pero la pintura para ventanas era guay. Probablemente por el olor. Cuando mi padre se fue, dejé de utilizarla. Cuando tuvo otro hijo tiré todos sus regalos, incluidos los tubos de pintura y los dibujos que quité de mi ventana.

Yo: ¿Queda pintura para ventanas en algún sitio de la casa?

Viktor me mira, escéptico.

Viktor: Sí, creo que en la habitación de Nika.

Así que empezamos precisamente por la habitación de Nika, y eso que yo quería evitar los cuartos de los niños, y especialmente el de Ivan, o entrar en su habitación tan solo si estaba sedada.

Shock. El cuarto de Nika no está vacío en absoluto. Está lleno y parece habitado, como si fuera a volver del colegio en cualquier momento. En la alfombra aún hay muñecas Barbie, su cama está hecha con ropa de cama de la princesa Lillifee y encima hay muchos peluches, que ya no encajan en la cama de ninguna niña. La mochila de explorador con rositas estampadas está junto al escritorio. Abierta. A su lado, la bolsa de deporte a juego. Hay unas bailarinas en el suelo. La papelera con un dibujo del ratón Diddl está llena. Estoy segura de que Viktor aún no ha tocado nada aquí, y solo la gruesa capa de polvo en el escritorio y en la estantería indican, o más bien gritan, que Nika no va a volver del colegio hoy. Y tampoco mañana.

La ventana está casi cubierta de patrones de pintura para ventanas, el armario lleno de pegatinas y el escritorio pintado con lápices de colores. Nika ha dejado su huella por todas partes.

Viktor abre un cajón del escritorio. Una considerable colección de pinturas. Cojo el tubo amarillo, lo abro y lo huelo. Maravilloso. Quitaesmalte, gasolina, aguarrás y pintura. Siempre he tenido debilidad por los olores penetrantes, venenosos.

Viktor: ¿Las quieres para Ida?

Yo: Sí.

Encima de la silla del escritorio hay una gran marioneta de tela. Lleva una camiseta de rayas rojas y blancas y unos pantalones azules, y tiene el pelo rojo.

Viktor: Esta es Lotta.

De alguna manera, tengo la sensación de que debo saludarla.

Lotta tiene un corte cosido en la mejilla. Una cicatriz.

Yo: ¿Hola, Lotta?

Lotta no responde.

Viktor: Se la regalaron a Nika por su quinto cumpleaños, y era como otro miembro de la familia. No solo para Nika.

Miro a Lotta, que sonríe amablemente; le devuelvo la sonrisa.

Viktor: La llevaba consigo a todas partes. Si no estaba en una fiesta familiar o algo por el estilo, alguien siempre preguntaba: «¿Dónde está Lotta?». Luego, Nika se enfadó con nuestro padre. A él no le gustaba la muñeca, le resultaba inquietante, y sobre todo tenía miedo de que Nika se quedara aislada de los otros niños si iba por ahí con una muñeca de trapo en el portaequipajes.

A mí me gusta Nika, y desearía haberla conocido.

Yo: ¿Qué pasó?

Viktor guarda silencio. Lo sabía.

Viktor: Salió con la cicatriz.

Lotta va a parar a la caja triste. El resto hay que tirarlo. No hablamos mientras vaciamos el cuarto a una velocidad récord con cestos de ropa.

Y lo mismo hacemos en el cuarto de Sasha y en el dormitorio de sus padres. Como máquinas, arriba, abajo, arriba, abajo. Estamos en trance hasta que entramos en la habitación de Ivan. Está bastante vacía comparada con los cuartos de Sasha y Nika. Y ordenada. No hay nada por medio. Cama, ropa de cama azul celeste, escritorio, armario, estantería. En la estantería hay unos cuantos gorros, unos cuantos libros, dos cajas de zapatos. Me acerco a la estantería. Mucho Dostoievski, *Demian* de Hesse, Kafka, naturalmente, *La despedida* de Kundera, *Berlín Alexanderplatz* de Döblin, el *Zaratustra* y *Humano, demasiado humano* de Nietzsche, *Los cuadernos de Malte Laurids Brigge* de Rilke, *Guerra y paz* y *Anna Karénina* de Tolstói, *Los expedientes de Vogelsang* de Raabe, *El teniente Gustl* de Schnitzler, *Punto de fuga*. Todo clasificado alfabéticamente, con una excepción: junto a Peter Weiss está *Sin nada*, de Katharina Hacker. Cojo el libro. Se lo di yo, porque él solo leía textos antiguos. Cuando íbamos al lago, Ivan y yo siempre llevábamos lectura, él incluso un lápiz con el que subrayaba párrafos. Él leía sus rusos y sus cosas de fin de siglo, yo literatura actual, en la mayoría de los casos. Marlene se quejaba a menudo de lo aburridos que éramos. A veces intercambiábamos un libro, como este; él me dio a cambio *El jugador*, de Dostoievski. Abro la novela. Muchos pasajes están subrayados. No sabía que la había leído. En la página 36 hay un pasaje subrayado con trazo grueso, y al lado pone «Discutir con Tilda». No puedo evitar que las lágrimas me corran por el rostro. Me pone tan furiosa que Ivan haya muerto... Tan inconcebiblemente furiosa... Es tan injusto... Era tan bueno... Mierda. Mierda. Mierda. Me siento en la cama, Viktor se sienta a mi lado, me pasa el brazo por la cintura, y el dique se rompe.

Viktor: Todo irá bien.

Algo así era lo que yo tenía que decirle a él. Mi cabeza reposa en el hueco de su cuello, y mis lágrimas gotean en su camiseta mientras me acaricia la cabeza.

Silencio.

Viktor: Cuando hablaba por teléfono con mi madre, siempre decía «Vuelve a estar fuera con sus dos nuevas amigas».

Yo: ¿Sabías que yo era una de esas dos amigas?

Viktor: Claro. Una vez me dijo que Tilda era una friki como yo, y entonces supe que Tilda tenía que ser la desvergonzada Tilda Schmitt, de octavo, que el profesor Weber me había presentado aquella vez.

Esbozo una sonrisa. Así que se acuerda de cuando nos conocimos.

Ahora. Me enderezo y aparto la cabeza del hueco de su cuello para poder mirarlo. Tengo miedo de su reacción, pero aún tengo más miedo de no decirlo y enterrarlo cada vez más, hasta que en algún momento sea demasiado tarde para decirlo. Y entonces esa última noche se me planta en el vientre, y sobre todo entre nosotros dos, como una piedra pesada y dura.

Yo: Estuvimos la última noche con Ivan, lo convencimos, aunque él no quería.

Silencio. Por fin está fuera.

Yo: También tomamos drogas.

Marlene y yo no sabemos si Ivan iba al volante, y nunca hemos querido averiguarlo, porque teníamos miedo de que fuera al volante.

Viktor: ¿Fue una buena noche?

Una sonrisa muy delicada flota en sus labios.

La piedra en mi vientre pesa menos.

Yo: Bueno. Tuve un viaje espantoso, con renacuajos y esas cosas. Los dos tuvieron que ocuparse de mí.

Él asiente, como si hubiera vivido ya muchos viajes horrorosos con renacuajos.

Ahora.

Yo: ¿Conducía Ivan?

Viktor: No.

La piedra se disuelve, pero hay otra piedra, más pequeña, que estaba detrás de la anterior.

Yo: La última noche me preguntó si quería ir con él a Rusia.

Mi cuerpo tiembla.

Viktor me sujeta con fuerza.

Viktor: Ivan siempre fue más valiente que yo.

Pasamos bastante tiempo sentados allí, no sé cuánto, pero en algún momento ya se ha hecho de noche.

Hemos terminado con el cuarto de Ivan; vamos al punto de reciclaje y lo tiramos todo a los contenedores. Otra vez como máquinas. Arriba, abajo, arriba, abajo.

Estoy aliviada y agotada cuando me siento en su coche, y deseo un largo trayecto.

Viktor: Ahora te llevaré a casa y luego devolveré el remolque. ¿De acuerdo?

No puedo dejarlo solo.

Yo: No, hoy me quedo contigo.

Él no responde nada.

Mientras devuelve el remolque, voy al supermercado Edeka y compro un pollo asado, patatas fritas y ensalada. Es jueves, el día que ponen los puestos de Pollomóvil. Más tarde, cuando nos sentamos a la mesa y comemos, habla poco. Reacciona a mis preguntas, se ríe con mis chistes, pero me doy cuenta de que el día realmente lo ha destrozado. Está pálido, tiene cercos oscuros bajo los ojos vidriosos, y no sé si quiero saber qué siente. Cuando intento imaginarme en su situación, teniendo que llevar las cosas de Ida y de mamá al punto de reciclaje, me dan ganas de vomitar el pollo, tengo que carraspear ruidosamente y pincharme en el brazo con el cuchillo.

Viktor: Vete arriba, voy a recoger un poquito más.

No protesto, porque mi cuerpo grita «dormir», me lavo los dientes y voy a su habitación, en la que aún no había estado. Un colchón en el suelo, un escritorio donde solo está su portátil, un burro para ropa del que cuelgan unas cuantas prendas, y al lado su maleta. Me dejo caer en el colchón, el sueño se apodera enseguida de mí.

Un sollozo, necesito un instante para entender dónde estoy. Viktor a mi lado. Está tumbado de espaldas, creo que tiene los ojos abiertos. ¿Está llorando? Está llorando.

Me acerco a él y apoyo el brazo encima de su pecho. Tiembla, le seco las lágrimas del rostro.

Yo: Viktor. Estoy aquí.

En algún momento se vuelve hacia mí y me toma en sus brazos. Me besa la frente, nos abrazamos, y no quiero quedarme dormida, porque me encuentro bien. Lo último que oigo es:

—Tilda, estoy aquí.

Cuando me suena el despertador, seguimos estrechamente abrazados. Por un segundo pienso en quedarme así, pero, como quiero llamar a Ida antes de que se vaya al colegio, me libero de su abrazo. Amanece. El rostro de Viktor parece tan inocente a la luz de la mañana como el de un niño al que aún no le ha pasado nada. Le doy un beso en la mejilla y bajo sin hacer ruido.

De camino al trabajo llamo a Ida. Ayer, cuando le pregunté por teléfono si le parecía bien que me quedara a dormir en casa de Viktor, dijo «¡uyuyuy!» y «oui, Mademoiselle».

Ida: Hola, Tilda.

Yo: Hola, Ida. ¿Cómo estás?

Ida: Bien, ¿y tú? ¿Y vosotros?

Percibo la sonrisa en su voz y me alegro de que sonría y le parezca bien.

Yo: Creo que muy bien.

Yo: ¿Qué hiciste anoche?

Ida: Cené y luego hice un dibujo para la clase de arte.

Yo: ¿Cenó mamá contigo?

Ida: No. Estuvo tumbada delante del televisor.

Mientras me imagino a Ida cenando sola con su pijama de Piolín, untando el pan y comiéndoselo, me siento mal. Me odio por haberla dejado sola, y no sé cómo voy a soportarlo si me voy a Berlín.

Yo: ¿Hubo rabanitos atropellados?

Ida: Claro. Y por supuesto no hubo tostada de Nutella.

Yo: Por supuesto. Esta noche vuelvo.

Ida: No hace falta. Puedes quedarte en casa de Viktor. Durante la comida miraré vídeos de YouTube en el móvil.

Ida: ¿Os habéis besado?

Yo: Ida.

Ida: ¿Sí o no?

Yo: Ida, ya te lo he dicho: esto no es una novela. Que te lo pases bien en el colegio.

Ida: Eso no puedes decidirlo tú.

Yo: Ida.

Ida: Es como si la víctima de un crimen dijera «Esto no es una novela policiaca».

Ida: Aun así te matan.

Yo: Bonita comparación.

Realmente, bonita comparación.

Ida: Ya lo sé. Adiós.

Ida cuelga. La pequeña *Mademoiselle* se ha vuelto muy descarada.

Paso los productos por la cinta, no adivino y me pregunto si ahora Viktor va sencillamente a desaparecer sin más. Lo que más miedo me da es que se vaya sin anunciarlo o sin despedirse, esta vez de manera definitiva, y mañana o pasado mañana me encuentre con la casa triste totalmente vacía. Ayer me contó que vive desde hace dos años en Hamburgo y que trabaja como programador freelance. Le he preguntado cuándo se va y ha dicho «pronto». Ese «pronto» me vuelve loca. Me vuelve loca no saber exactamente cuándo se va a ir. Y, si se va, ¿qué haré? ¿Me limitaré a seguir como antes? Esos pensamientos me hacen sentir mal, de modo que pienso en cómo me sonrió cuando le dije que había enviado la solicitud, o lo dulcemente hecho polvo que estaba cuando abrió la puerta, en bóxers, camiseta sucia y descalzo, y por primera vez no supo qué decir.

Entonces, cuando Marlene se enamoró, yo me puse furiosa con ella. Estaba tan atontada... No hacía más que hablar de aquel tipo, solo quería ir a donde él estuviera, tenía un miedo terrible de que él no estuviera enamorado de ella. Cuando veía aquella mirada encandilada, velada, en su rostro, sabía que no podía llegar hasta ella. Le decía «Marlene, es más tonto que un cubo. ¿Es que no lo ves?».

Y ahora yo misma soy víctima de una historia de amor, y siento que mis pensamientos giran cada vez más en torno a dicha historia, aunque la verdad es que ya tengo bastantes problemas. Esto nunca debería convertirse en una historia de amor. Debería, si acaso, ser mi historia de heroísmo y la de Ida, sobre todo la historia de Ida, en la que se libera de mamá. Pero, por otra parte, ¿qué es una epopeya sin amor? ¿Qué serían *Los nibelungos* sin Siegfried y Kriemhild? ¿Parzival sin Condwiramurs? Lo principal es que no haya una historia de amor trágica. No tengo aptitudes para eso. Quizá lo mejor sería que él desapareciera mañana o pasado mañana; entonces podría volver a concentrarme en lo esencial.

Red Bull, Red Bull, kétchup Pombär. Dos estudiantes de octavo, chicos, adivino, digo «3,89 euros» y miro los rostros de dos niñas de quinto. Ida y una chica. La chica es tan alta como Ida, pelo largo y negro, ojos castaño oscuro.

Ida: Esta es Samara.

Así que esta es Samara.

Yo: Hola, Samara.

Ida: Esta es mi hermana Tilda.

Samara: Hola, Tilda.

Yo: Se supone que no podéis salir del colegio, ¿no?

Sonrisa descarada de Ida.

Yo: No dejes que te pillen, caradura.

Juntas tienen un aspecto divertido. Samara con su pelo liso y negro y su vestido de lana gris junto a Ida con sus rizos rubios, su jersey o más bien mi jersey de lana fucsia y su peto nuevo, que compramos en H&M al principio de las vacaciones de verano, para que lo tuviera cuando empezara el curso. Son como el yin y el yang. Como dos personajes de una película para adolescentes.

Ida: ¿Puedo ir a casa de Samara después del cole?

Nunca ha ido a casa de una amiga o amigo después del cole. No tiene amigos. ¿No tenía amigos? Cuando le preguntaba por sus amigas Karlotta y Finja, con las que jugaba según la señora Schwöbel durante el recreo, Ida siempre dejaba claro que no eran sus amigas, sino sus compañeras de clase. Miro a Ida y a Samara, y a Samara y a Ida, alternativamente, y no puedo evitar pensar en Marlene y en mí. En el colegio éramos inseparables, y de pronto siento una profunda gratitud hacia Marlene. No sé cómo habrían transcurrido mi infancia y mi adolescencia si ella no hubiera estado allí. Y, de alguna manera, lamento que ya no sea como antes.

Samara: Mi mamá ya ha dicho que sí. Va a hacer lasaña para nosotras.

Samara habla bajo, pero con determinación, y me mira directamente con sus ojos color castaño oscuro, casi negros. Me gusta. A veces la madre de Marlene también hacía lasaña, pero raras veces, puede que cuatro en total. Era algo especial.

Ida: ¿Tilda? Así tú también puedes ir a casa de Viktor.

Me doy cuenta de que sigo sin responder, y las miro a ambas de hito en hito.

Yo: Claro que puedes ir a casa de Samara.

Ida: Viktor es el amigo especial de Tilda.

Yo no lo calificaría como «mi amigo especial», sin duda, pero no voy a justificarme ahora ante dos niñas de quinto. Observo cómo Yin y Yang brindan orgullosas en el aparcamiento con su Red Bull, como si fuera alcohol, y se marchan de allí. Marlene y yo también solíamos ir al supermercado durante el recreo. Siempre nos comprábamos polos de hielo, yo uno verde o azul, ella uno rojo o marrón, y luego nos sentábamos en el columpio nido hasta que volvía a sonar el timbre.

Tres horas después, pongo en la cinta espaguetis, carne picada, tomate triturado. «4,49 euros», dice Nadia, pago, meto las cosas en la mochila y me voy a la casa triste. En realidad, tengo que ir a la universidad, escribir mi trabajo de máster, pero, mientras siga aquí, quiero estar con él. Además, ahora mismo no puedo pensar con claridad.

Su barco está allí, llamo, pero parece que no está. La puerta está abierta, entro, y la casa está vacía y triste. Dejo la compra en la mesa de la comida, junto a la servilleta que pone «Grillpollo no es un rollo».

Hace un día dorado de otoño. Como no soporto el pesado silencio y el vacío en la casa, me tumbo en el jardín, cierro los ojos y duermo.

En algún momento, un Viktor cubierto de sudor se inclina sobre mí. Lleva pantalones cortos negros y una camiseta blanca, zapatos de correr, una cinta de Nike en la frente.

Viktor: Hola, Stalker, pareces no cansarte de mí.

Se sienta a mi lado y me estampa un beso en la frente.

Dos gruesas libélulas contra la pared de mi abdomen.

Yo: Por el momento eres una persona emocionalmente inestable, y nadie cuida de ti.

Se encoge de hombros y se tumba a mi lado.

Apoyo la cabeza en su vientre y siento su respiración, el latido de su corazón. Huele a hojarasca y a cielo azul acero, y en alguna parte alguien está haciendo una barbacoa. Me gusta el olor de las barbacoas. Antes siempre pensaba que, cuando fuera madre, haría barbacoas con mis hijos con mucha frecuencia cuando hiciera buen tiempo. Me acaricia la cabeza, y no quiero volver a levantarme nunca. En octubre, el sol se pone alrededor de las 18.30. Eso significa que podemos pasarnos tres horas así tumbados antes de que haga frío. Miro el cielo azul acerado y me acuerdo de las espectaculares nubes de tormenta que Marlene, Ivan y yo vimos el 8 de agosto.

Yo: En su último día, Ivan nos prometió a Marlene y a mí ir con nosotras y con Ida a Eslovenia y Croacia, al mar, pasando por Liubliana y Piran y luego, a lo largo de la costa, a Croacia. Pula, Medulin, Rijeka.

Él guarda silencio, me acaricia la cabeza. ¿Ha sido una falta de tacto por mi parte?

Viktor: Quizá tú puedas cumplir la promesa por él alguna vez.

Quizá pueda. Una vez más, en el cielo vuelven a reunirse pájaros que viajan hacia el sur.

Viktor: Nosotros nunca fuimos de vacaciones con la familia, solo íbamos una vez al año a Rusia.

Le cojo la mano y la acaricio con el pulgar.

Viktor: Ivan fue en tren al sur de Francia con sus amigos por primera vez a los dieciséis años. Desde entonces, para todas las vacaciones largas compraba pases interraíl y recorría Europa. Creo que por eso empezó a pasarse tanto con la mierda de las drogas.

Eso tampoco lo sabía. ¿Qué es lo que sé de Ivan? Pienso en su sonrisa arrogante aquel 1 de junio por la tarde cuando pidió 100 euros por 5 pastillas.

Viktor: Conocía todas las rutas de tren buenas de Europa, adoraba el Hellas Express. Es el tren nocturno que pasa por Belgrado, Skopie y Tesalónica.

Nunca he ido en un tren nocturno, y me imagino que debe de ser bonito. Me imagino que voy en un tren nocturno y miro Skopie por la ventanilla. No tengo ninguna idea de Skopie. Creo que está en Macedonia, pero estoy segura de que me gustaría. Me imagino mirando por la ventanilla. Hay puentes color ocre y un río de un profundo azul. Me imagino que se abre la puerta corredera y en ella no está el revisor, sino Ida y Viktor con tres vasos en las manos.

Este último frena abruptamente nuestro viaje en el Hellas Express al sentarse y apoyar mi cabeza en la hierba. El vientre que respiraba era más confortable como almohada, el suelo es duro y frío. Abro los ojos y lo miro sentado a mi lado, observándome. Sostengo su mirada mientras él se inclina sobre mí como un médico sobre su paciente. Me pone la mano derecha en la mejilla izquierda, y su mirada recorre mi rostro como si buscara algo, alguna respuesta a una pregunta que no conozco. Luego, sus ojos vuelven a encontrarse con los míos y mueve la cabeza.

Viktor: Es una locura. De verdad que no había contado con esto.

Yo: ¿Con qué?

Se toma su tiempo para responder.

Viktor: Contigo.

Seguimos tumbados en la hierba cuando empieza a atardecer y Viktor propone que vayamos a bailar esta noche a la Alte Wache. Pincha un amigo suyo de Hamburgo. En verdad yo no quería regresar allí nunca, pero a Viktor le vendría bien salir alguna vez de casa. Y quizá también sea importante para mí volver allí.

Yo: Sí, ve a ducharte, yo prepararé algo de comer.

Recorremos el mismo sendero de hace unas semanas. Solo que en dirección opuesta. Y sin 40 centímetros entre nosotros. No hay ningún centímetro entre nosotros. Él me pasa el brazo por los hombros, y yo agarro con fuerza su mano para que no pueda retirar el brazo. Deseo que el camino sea muy largo y conduzca al mar, necesitaríamos más o menos 100 horas para llegar a la costa del norte. Creo que lo conseguiríamos. Podríamos hacer un par de pausas.

Se ve y se oye de lejos el retumbar de la Alte Wache. Unas aves nocturnas furiosas, a las que al parecer no han dejado entrar, vienen hacia nosotros y nos dicen que es mejor que demos la vuelta. «Club de mierda». No cabe duda de que la cola tiene 80 metros de longitud, pero nos la saltamos y vamos directos al portero.

Viktor: Viktor Volkov. Estoy en la lista de invitados, esta es mi novia.

Llegar a un club siempre es grotesco. Todo parece tan trastocado, los personajes que andan por ahí bebidos esperando algo, las miradas desenfrenadas que se lanzan en todas direcciones, los cuerpos apiñados. Me siento ajena y quisiera huir, me pregunto qué estoy haciendo aquí, no quiero formar parte de este absurdo show, sino irme a una cama calentita, pero en cuanto oigo la música todo está bien, y sencillamente desconecto de lo que me rodea. Lo desconecto todo. Cierro los ojos y dejo que el ritmo me llegue primero hasta las puntas de los dedos, luego a las manos, los brazos, el vientre, el pecho, la cabeza, y que baje por las piernas hasta los pies, hasta los dedos de los pies, y me dejo ir.

Solo estamos la música y yo. Solo estamos la música y yo. Y él. Viktor Volkov. Lo veo junto a mí, con las mejillas coloradas, los ojos cerrados.

En algún momento estamos el uno frente al otro y el tiempo se detiene. Nos miramos a los ojos, con la luz parpadeante, los cuerpos que no dejan de moverse a nuestro alrededor. La música atenuada.

Miro sus ojos azul gélido, y pasan por delante de mí imágenes similares a las de una experiencia cercana a la muerte. Él durante aquella tarde de julio, apareciendo de pronto, de pie en el poyete de la piscina. El Viktor nervioso, desbordado conmigo y con Ida en la casa triste, que tanto me dolió. Él en mi escritorio durante mi fiebre, aquellas bandadas de pájaros, nuestro beso. Sus mejillas que se habían puesto coloradas por el vino, el hielo que se fundía en sus ojos y la sonrisa desvergonzada cuando afirmó que mi boloñesa estaba sosa. Me pregunto si ve reflejado en mis ojos lo que yo veo pasar por los suyos, y espero que no, porque me resultaría un poquito embarazoso. Mira mi rostro como si tuviera que volver a verlo por última vez antes de irse.

Yo: ¿Esto es una despedida?

Viktor niega con la cabeza.

Viktor: No, al contrario.

Yo: ¿Qué es lo contrario de una despedida?

Él reflexiona.

Viktor: ¿Una llegada?

Yo: ¿Por qué con interrogaciones?

Viktor: No sé.

Viktor: Quizá sea una pregunta que te hago a ti. ¿O se te ocurre una expresión mejor?

Yo: Si la pregunta es para mí, la respuesta es sí.

Yo: Y llegada me parece bien.

Viktor sonríe.

Viktor: Bien.

Lo beso, y una enorme carga se desprende de mis hombros, porque ahora sé que no se trata de una despedida, sino de una llegada.

Al amanecer, regresamos. Por desgracia no al mar, pero no pasa nada, porque tenemos tiempo. Acabamos de llegar el uno al otro.

Paso las cosas por la cinta y no juego. En vez de eso, pienso en Viktor. En los últimos días con él. En la última noche. La hora azul común en su colchón, hasta que sonó mi despertador. Pienso en cómo ha besado mi vientre, y las libélulas empiezan a batir sus alas dentro de mí. «¡Basta!», querría gritar, «¡no soy ninguna adolescente!», y en vez de eso me fuerzo a pensar en el libro *Brownian Motion, Martingales, and Stochastic Calculus* de Jean-François Le Gall, que estoy leyendo para preparar mi potencial plaza, por el cosquilleo que me produce. No funciona. Así que me imagino que saco las libélulas de mi cuerpo una a una y las paso por la cinta. Las libélulas son grandes y fuertes. Sus cuerpos, largos y aguzados; las sujeto, son firmes. Son maravillosas, de un color violeta nomeolvides, rojo sangre, azul pacífico. Sus alas, recorridas por una espesa red venosa, resultan fascinantes. *Dragon-Fly* se llaman en inglés. Y, cuantas más libélulas paso por la cinta, tanto más punzante es la mirada de los ojos azul gélido de las moscas dragón. Se ríen de mí con sus complejos ojos azul gélido, que lo ven todo. «No vas a librarte de nosotras», dicen sus ojos, «cada vez nos acercamos más. Cada vez somos más grandes. Cada vez más fuertes». Qué se han creído estos estúpidos insectos de mierda, solo porque pueden volar hacia atrás. «¡No vivís más que entre dos y ocho semanas!», quiero gritarles, pero en vez de eso digo «63,98 euros».

Cuatro horas después pongo en la cinta palomitas para microondas y pollo Shanghái, «3,30 euros», dice la señora Bach, pago, meto las cosas en la mochila y me voy a casa.

Durante estos últimos días, he olvidado casi por completo a Ida y a mamá. No, a Ida no, pero a mamá un poquito. O la he desplazado. Ida no está en casa. Ligero pánico. Mamá está tumbada en el sofá, probablemente los antidepresivos no harán efecto hasta la próxima semana, o la otra.

Yo: ¿Dónde está Ida?

Mamá: En casa de Samira.

Yo: Samara.

Yo: ¿Cómo estás?

Mamá: Bien.

La cocina está recogida, la nevera llena. Hay una planta de albahaca en la mesa. No sé qué debo hacer, quiero hacer algo sensato después de mi ausencia. La nevera está llena, las plantas están regadas, el buzón ha sido vaciado, la cesta de la ropa está vacía, el baño está limpio. Ida es fabulosa. Me avergüenzo de haber pensado que no iba a conseguirlo sin mí, de haberla subestimado de ese modo. Pero sobre todo estoy orgullosa y un poquito triste porque no parece necesitarme mucho.

Voy a la cocina y pienso en qué plato la alegraría. Torrijas, bollos al vapor con mermelada, arroz con leche o crepes de manzana. Lo principal es que sea algo con crema de vainilla. Ida adora la crema de vainilla. Cuando tenemos la del Dr. Oetker, vierte todo el paquete en una fuente de cereales y se lo toma entero. La crema de vainilla es el único producto, junto con el helado Ben&Jerry's, para el que Ida no acepta ninguna variante de la marca Gut&Günstig.

Mientras estoy poniendo las tostadas en la sartén, Ida viene por la Fröhlichstrasse con su peto, mi camisa, las manos en las correas de su mochila de Snoopy y sus dos trenzas, puntual, como hemos acordado, antes de que oscurezca. Se balancea en el bordillo, siempre dos pasos por adoquín, con la mirada fija en el bordillo, como yo hacía antaño. Y como sigo haciendo. Doy unos golpecitos en la ventana, ella alza la vista, sonríe y saluda.

Ida: ¿Sabes qué es todavía mejor que la crema de vainilla del Dr. Oetker?

Yo: ¿La crema de vainilla casera caliente?

Ida: Con canela y azúcar.

Yo: Podrías inventar la sopa de vainilla.

Ida saca su móvil.

Ida: Ya existe. Sopa de vainilla con trocitos de manzana.

Ida: Cuando vivas en Berlín, tomaré sopa de vainilla todas las veces que quiera, y no podrás evitarlo.

Yo: No puedes esperar a que me vaya.

Y eso que ni siquiera he recibido una invitación para una entrevista.

Ida: No, pero a veces me lo imagino. Y hay que pensar en cosas bonitas.

Sí, hay que hacerlo.

Yo: ¿Qué tal con mamá estos últimos días?

Ida: Bien. Está tirada por ahí. Las pastillas aún no han hecho efecto.

Yo: ¿Come?

Ida: Se come los bocadillos que le preparo. Ayer le hice una tostada de Nutella.

Yo: ¿Y se la comió?

Ida asiente: Perversa, dijo.

Yo: He comprado palomitas y he alquilado un DVD. ¿Has visto *Volando libre*?

Ida: No, ¿de qué va?

Yo: De una chica llamada Amy. Su madre muere, y ella se va a Canadá con su padre. Encuentra un nido con huevos de gansos de Canadá, y cría 16 gansos que miran a Amy como a su madre. Pero el problema es que los gansos de Amy no han podido aprender de sus padres ni a volar ni el camino hacia el sur. Y no te cuento más.

Ida: Suena bien.

Ida adora el cine.

El domingo por la tarde ella pinta con acrílico y yo leo *Los cuadernos de Malte Laurids Brigge* de Rilke.

Yo: Viktor se va. El lunes o el martes.

Ida: Uf.

No levanta la mirada de su lienzo.

Ida: Pero volverá, ¿no?

Yo: Dentro de dos semanas iremos al mar.

Por fin alza la vista.

Ida: ¿De veras?

Asiento.

Ida: ¿Viktor y tú?

Yo: Viktor, tú y yo.

Ida: ¿Vais a llevarme?

Yo: Claro.

Ida sonríe feliz.

Ida recoge sus cosas de pintar y las lleva a su cuarto. Diez minutos después vuelve y pone la mesa.

Me da pena que siga poniendo tres platos.

Yo: Creo que bastará con dos platos.

Ida: No. Viktor viene a comer.

Yo: ¿Viktor viene a comer?

Ida: Sí, acabo de preguntarle.

Yo: ¿Cómo que acabas de preguntarle?

Ella levanta el móvil.

La última vez ya me confundió saber que Viktor había estado hablando por teléfono con Ida sobre sopas de letras, pero que sigan comunicándose por el móvil cuando Viktor y yo ni siquiera hemos intercambiado los números resulta un poco extraño.

Yo: Yo ni siquiera tengo su número.

Ida: De verdad que sois una pareja extraña.

El barco de Viktor entra en la calle. Me acerco a la ventana y lo observo. El marinero de mirada iracunda. Sudadera lila, vaqueros negros, capucha negra, tres grandes paquetes de Ben&Jerry's. Ida se va a volver loca. Desde que, en el cine, le dieron por primera vez una cajita de masa de galletas de Ben&Jerry's, implora que compremos un paquete. Pero yo me niego a gastarme la mitad del sueldo de una hora en un paquete de helado. Cuando le compré la variante barata Ida probó una cucharadita, movió la cabeza, se levantó, tiró la cucharilla al fregadero y salió de la cocina sin decir palabra. Fue impresionante y divertido. Corro a la puerta, la abro, y de pronto, delante de mí, está el marinero, cuya mirada ya no es iracunda.

Yo: Hola, Stalker, pareces no cansarte de mí.

Los grandes ojos de Ida y su sonrisa al ver los tres paquetes.

Ida: ¿Ben&Jerry's?

Viktor: Sí, en la gasolinera no había más que de galleta. ¿Te parece bien?

Ida asiente con excesiva vehemencia durante un tiempo excesivo.

Viktor se ríe.

Ida: ¿Un paquete grande para cada uno?

Viktor: Si es que eres capaz.

Ida sigue asintiendo.

Yo: Pero de postre.

Ida, que aún sigue asintiendo, le coge a Viktor los tres tesoros y los pone en el congelador.

Viktor: Fabuloso. Hacía una eternidad que no comía rabanitos.

Ida y yo contemplamos fascinadas a Viktor, que toma tres rabanitos atropellados, los corta en finas rodajas, unta una rebanada de pan con una gruesa capa de mantequilla, reparte las rodajas por encima y se detiene.

Viktor: ¿Tenéis Vegeta?

Ida y yo: ¿Qué es Vegeta?

Viktor: ¿No sabéis lo que es el Vegeta?

Ida y yo negamos con la cabeza.

Viktor: Es un potenciador del sabor, parecido al Fondor, pero mejor, es la variante europea oriental.

Ida se pone en pie de un salto y grita: «¡Sí que tenemos Fondor!», mientras trepa a la encimera para sacar el paquete amarillo del armario más alto de la cocina. Él rocía generosamente su tostada con el polvo amarillo y la muerde.

Viktor: ¿Qué pasa?

Ida: ¿Está bueno?

Viktor: Mucho. ¿Quieres que te prepare una?

Ida asiente.

Yo: Yo también.

Viktor sonríe.

Repite el procedimiento rabanitos-Vegeta, y cuenta que su padre echaba medio paquete de Vegeta en cada plato que le ponía su madre.

Viktor: Mi padre no podía vivir sin Vegeta, era un adicto.

Ida: Hay adicciones peores.

Ida rompe a reír, y yo me sumo a su risa tonta, Viktor también un poquito, y es tan hermoso verlos y oírlos reírse juntos que casi me echo a llorar.

Viktor corta la rebanada de pan y nos da la mitad a cada una.

Ida dice lo que yo estoy pensando:

—No sabía que los rabanitos pudieran tener sabor. Normalmente son tan picantes...

Yo: Y amargos.

Me siento feliz, pero, cuando estoy a punto de proponer que liquidemos el helado en el sofá viendo *Kill Bill*, me doy cuenta de que en esta casa hay otra persona que no es feliz. Que probablemente nunca será feliz de verdad. Aunque puede que tampoco empeore. Eso espero. Saco mi Ben&Jerry's del congelador, pongo dos bolas en un cuenquito, clavo una cucharilla, voy al salón y me siento en el sofá junto a mamá. Duerme. Le cojo la mano, que está fría, le aparto el pelo de la cara y la tapo.

Le doy un beso en la mejilla y vuelvo con el cuenco de helado en la mano junto a Ida y Viktor.

Durante mi 15 largo, me doy cuenta de que me adelantan por la derecha, no me atrevo a agarrarlo por el pie mientras está nadando, pero me espera al borde de la piscina. Nos besamos y hacemos juntos nuestros largos. Después de mi largo número 22, me siento en el banco de hormigón junto a otras dos madres y miro alternativamente a los niños y a Viktor, como las madres, hasta que después de su largo 22 se sienta a mi lado y los dos miramos a Ida.

Yo: ¿Sabías que la larva de la libélula puede llegar a vivir varios años debajo del agua, mientras que la libélula adulta ni siquiera sobrevive un año por encima de la superficie?

Viktor niega con la cabeza.

Yo: La libélula es cazadora.

Viktor asiente: ¿Ah, sí?

Yo: ¿Sabías que la libélula tiene una cuota de éxito al cazar del 95 por ciento? Comparado con ella, el león solo tiene un 25 por ciento de éxito, y el tiburón blanco un 50 por ciento.

Viktor ríe por lo bajo: ¿De veras?

Yo: Caza activamente, con una motricidad que afecta a los ojos y las alas.

Yo: El cerebro calcula la trayectoria de la presa y transmite directamente la información al aparato de vuelo.

Yo: Puede alcanzar una velocidad de vuelo de hasta 50 kilómetros hora. Casi ningún otro insecto es así de rápido.

Viktor: Guau.

Yo: ¿Sabías que la libélula domina maniobras de vuelo con las que un diseñador de aviones o helicópteros solo podría soñar?

Viktor se ríe: No.

Yo: La libélula puede moverse sin esfuerzo en todas direcciones. Es por la estructura de su aparato de vuelo. Puede controlar por separado cada uno de sus dos pares de alas. De ese modo puede cambiar abruptamente de dirección e incluso volar hacia atrás.

Viktor me mira divertido.

Yo: Pero lo más fabuloso de todo son sus ojos. Su complejo ocular tiene 30.000 ojos individuales y cubre casi toda la cabeza. De ese modo tiene una visión circular de 360 grados.

Yo: Y eso no es todo. Ve el mundo mucho más colorido que las personas. Es por las opsinas. Son proteínas fotosensibles. Mientras que el ser humano tiene tres para ver en azul, verde y rojo, la libélula tiene por lo menos once, y algunas especies tienen hasta treinta opsinas.

Viktor: Es verdaderamente fabuloso.

Yo: Muchas especies de libélulas están en la lista de especies amenazadas, porque los hábitats adecuados para ellas están desapareciendo. La libélula necesita aguas estancadas o corrientes para su desarrollo, y espacios adecuados para la caza y el descanso de los ejemplares adultos.

Viktor me aparta un mechón de la frente.

Yo: Ayer me sumergí un poquito en la burbuja de las libélulas.

Viktor se ríe: ¿De veras?

Yo: Pero la libélula es realmente un animal fabuloso.

Viktor me acaricia las sienes.

Viktor: Sí. Uno no lo querría como enemigo.

Lo miro, entiendo y asiento.

Las libélulas no son mis enemigas. Sin duda, son muy inquietantes, pero también son megafabulosas, y de alguna manera es una locura que esas cazadoras se hayan metido dentro de mí y todo se note tan extraño y hermoso. Me rindo y decido dejar de defenderme de las libélulas, dejar de contarlas o intentar domesticarlas. No les tengo miedo, y digo: «No quiero que te vayas».

Viktor: Volveré.

El martes por la mañana aparca el barco delante de nuestra casa, y yo sé lo que eso significa. Ida ya está en el colegio.

Viktor: Me marcho.

Yo: Uf.

Quiero decir tantas cosas, pero en algún momento, al parecer, hemos decidido que no vamos a hablar del futuro, y los dos sabemos que esto no es una despedida.

Yo: Los dos sabemos que esto no es una despedida, ¿no?

Yo: Ida lo ha pintado para ti.

Acrílico sobre lienzo, no lo hace a menudo. Una guerrera con armadura está sentada en la playa y mira al mar. Allí hay un barco, con banderas de guerra, en cuya proa se encuentra el marino, y saluda. Me vuelve loca que no pueda saberse si el barco llega, se va o simplemente pasa de largo.

Viktor: El barco está demasiado cerca de la orilla.

Yo: Es arte. Escala subjetiva.

Viktor: Pero el barco está lejos de la boya.

No había visto la boya amarilla, o pensaba que era un pez.

Viktor: Probablemente el barco ha zarpado.

Yo: ¿Cómo lo sabes?

Me siento como en clase de Arte, en último curso, y la profesora ve mucho más que fruta en un cesto de fruta. En la manzana ve la caducidad, en el tallo de la pera el renacer.

Viktor: La bandera, blanca con una cruz roja, significa *Necesito ayuda*.

Yo no había visto las dos banderas, o pensaba que solo decoraban el barco.

Yo: ¿Y qué significa esa bandera de rayas amarillas y azules?

Viktor: *Necesito un piloto.*

A veces pienso que Ida es un genio.

Viktor: ¿Crees que la guerrera subirá a bordo como piloto?

Miro con atención a la guerrera.

Yo: Sí, creo que sí. Ya ha empaquetado sus cosas.

Hay una bolsa junto a ella.

Yo: Hermoso cuadro, ¿no?

Viktor: Sí, hermoso cuadro.

Deja el cuadro en el asiento del copiloto. Un abrazo. Un beso.

Viktor: Hasta pronto.

Me quedo mirando el barco negro, y digo adiós con la mano. Sigo diciendo adiós con la mano cuando ya se ha ido. Viktor se ha ido, pero está bien, pienso. Volverá.

Más tarde nos sentamos en la cocina y comemos pan con mantequilla, rabanitos en finas rodajas y Fondor por encima. Fuera llueve, la piscina cubierta estará llena.

Yo: ¿Piscina?

Ida asiente.

Agradecimientos

Doy las gracias a Uta Wahl, Franziska Wahl, Angela Tsakiris y Sabine Cramer.

Un agradecimiento muy especial para Vanessa Gutenkunst.

Este libro
acabó de imprimirse
en Madrid
en mayo de 2024